RELATOS EN ALMERÍA (IV)

Carmen López
Carmelo Martínez Anaya
Jesús Martínez Gómez
Ana Mª Romero yebra

Narradores Almerienses •78•
Almería, 2024

Coordinación y dirección editorial: Juan Grima Cervantes

© **Edita:**

la Voz de Almería

Producción: Arráez Editores, S.L.
Las Alparatas, s/n
04.638 Mojácar (Almería)
Tlfno: 950 - 479428
E Mail: *editorial@arraezeditores.com*
Web: *www.arraezeditores.com*

Con la colaboración de Cosentino, S. A. COSENTINO

ISBN.: 978-84-17578-92-3

Depósito legal: AL.: 2016 / 2024

Primera edición: Julio 2024

EL HOMBRE CON BARBA

CARMEN LÓPEZ

I

La vida a veces da giros inesperados. Lo que me pasó a mí va más allá. No van a creerme, estoy convencida; pero les prometo que no me alejo un milímetro de lo sucedido. Me gustan los hombres con barba. Siempre me han fascinado. Me casé con Luis porque tenía una maravillosa barba angulosa entre pelirroja y rubia. Sí, no miento. Se lo prometo. Nos conocíamos casi de toda la vida. Nos criamos juntos entre el Zapillo y San Miguel, dos bonitos barrios de Almería que miran al mar. Los problemas vinieron cuando un día Luis apareció con su cara desnuda.

– Pero ¿qué te has hecho? ¿Y tu barba?

– Voy a descansar un tiempo. Hace calor y ya hace muchos años que no me la quito.

– Y tanto. Yo no te he visto nunca sin ella, salvo cuando eras un niño.

– Pues ya es hora. ¿Qué pasa? ¿No te gusto?

Lo miró atentamente, cogiéndolo por la barbilla y girándole la cara de un lado a otro y de arriba abajo.

– No. Me gustabas más antes.

– Bueno, te acostumbrarás.

– ¿Pero no estarás pensando en no volver a dejártela? Afeitarte a diario, ya sabes, debe ser un tostón. Tendrás que levantarte antes, incluso; con lo que te gusta a ti dormir.

– Son cinco minutos, tampoco es para tanto, Ana. Era sólo una barba, pelo en la cara.

No quise decir lo que realmente pensaba, pero para mí era como una traición. Él sabía que me encantaba enredarle los dedos por la cara, que me dormía así más de una noche. A ver quién es quien se la recorta cada poco…

– Seguro que te aburres pronto de verte así.

– Tal vez te acostumbres tú antes.

Luis se marchó sonriendo a darse una ducha y yo me quedé sentada en el sofá como si me hubieran comunicado la muerte de un ser querido. ¡Qué tontería! ¿Cómo puedo estar así por una barba? Sin embargo, lo estoy. Me va a costar mirarlo a la cara, no lo reconozco. No es ése el hombre con el que me casé. Es otro. No tiene nada que ver.

– ¿Qué? ¿Se te ha pasado ya el disgusto?

– No, no se me ha pasado; y dudo que se me pase en una temporada, la verdad. Es que te miro y no veo a mi chico.

– No seas boba. Soy el mismo.

– Eso lo dirás tú. En mi cabeza eres otro.

Mira, Ana: todo sigue igual. Seguiré haciéndote el desayuno antes de irme, haré la compra, la comida cuando pueda, pondré la lavadora, te daré besos y abrazos, te acariciaré con dulzura… Ven aquí, anda.

Y se quedó esperando que yo me moviera un milímetro de mi asiento. No podía levantarme. Era un extraño.

– ¿En serio? ¿Éstas tenemos?

Se dio la vuelta, abrió la puerta y se marchó.

II

Estaba claro que yo no podía permanecer en esa actitud, que tenía que relativizar que se hubiera quitado mi adorada barba sin decirme, además, ni media. Pero sabía que no me iba a resultar fácil. Es cierto que es un encanto, el compañero perfecto. Tengo que pensar en ello e intentar salir de este absurdo hundimiento. Si me hubiera dejado por otra seguramente me lo hubiera tomado mejor. Creo que tengo que llamarlo.

Cogí el móvil y marqué. Su teléfono estaba en casa. Podía hacerle una estupenda cena y darle una sorpresa. Me puse a ello. Unas horas después, escuché la llave entrando en la cerradura. Me quité el delantal y fui a la puerta a recibirlo.

– ¡Hola, cariño!

– ¡Qué bien huele! ¿Celebramos algo?

Cuando se giró, me quedé atónita.

– Tu barba. Tienes barba.

– ¿Qué dices? ¿Qué te pasa? Claro que tengo barba, como siempre.

– Esta tarde no la llevabas, te la habías quitado. Te fuiste enfadado porque no me gustó que te la afeitaras.

– Yo no he estado aquí esta tarde, Ana. ¿Qué te pasa? ¿Estás enferma?

– ¡Yo sé lo que he visto! ¡No entiendo nada! ¿Te estás quedando conmigo? ¿Qué es eso de que no has estado aquí esta tarde?

– Ya te lo he dicho. No-he-estado-aquí-esta-tarde. ¿Cómo quieres que te lo diga?

Me di la vuelta y me senté en el sofá con la cabeza entre las manos y los ojos cerrados, apretados con fuerza. En el fondo esperaba que, cuando volviera a abrirlos, Luis no hubiera regresado y nada de esto estuviera pasando. Él se sentó a mi lado, me cogió la mano y esperó pacientemente a que yo dijera lo que fuese. Lo miré y era él, con su barba; el de siempre.

– ¿Estás mejor, cariño?

– No estoy bien, no.

Respiré hondo, le supliqué que no me interrumpiera y me puse a contarle lo que había sucedido unas horas antes.

– ¿Puede ser que te hayas dormido sin darte cuenta y lo hayas soñado? Mira, por ejemplo, yo jamás me he dejado el teléfono en casa, tú sabes que lo necesito para trabajar. Y no sólo eso, para mí la barba no es un capricho y lo sabes. Me identifico con ella, me gusta y me encanta que tus dedos jugueteen con ella.

– Ya no sé qué pensar. Tal vez me durmiera y tuve una pesadilla.

– Seguramente, amor. Venga, vamos a tomarnos esa cena que huele tan bien. Voy a abrir una botella de vino.

Se levantó y fue a buscarla. Yo me quedé dándole vueltas a todo. No sabía si la realidad era lo que había sucedido antes o lo que estaba pasando ahora. Sea como fuere, el Luis que estaba en la cocina tenía barba. Respiré hondo y fui a buscarlo para darle un buen abrazo.

– ¡Luis!

El silencio fue la respuesta.

– ¡Luis! ¿Dónde estás?

Nada, ni una palabra.

La puerta de la entrada volvió a abrirse. Me giré. El hombre que entró por la puerta no tenía barba. Sentí que me mareaba.

III

No sé cuánto tiempo después abrí los ojos. Estaba en la habitación de un hospital. En una silla, a mi lado, había un hombre al que no reconocía.

– ¡Por fin, Cielo! Voy a avisar al médico.

Salió de la habitación y yo tenía unas ganas locas de huir. El médico y él entraban por la puerta.

– ¿Cómo se encuentra? ¿Se siente mareada?

– Creo que estoy bien.

– Ha sufrido usted un episodio cerebro-vascular de carácter moderado y hay que controlarla durante unos días. Tenemos que hacerle algunas pruebas más.

– ¿Cuántos días llevo aquí, doctor?

– Casi dos semanas.

– ¿Y ese señor ha estado aquí todo este tiempo?

– Sí, su marido. ¿No lo recuerda?

– Mi marido tiene barba y este hombre no la tiene.

– La vamos a sedar, necesita usted descansar. No se preocupe usted ahora por eso. Don Luis se habrá afeitado, ¿no es eso?

– Sí, claro. La misma tarde en la que me pasó esto.

La máquina que controlaba mi ritmo cardíaco comenzó a pitar muy fuerte. No sé cómo me vi a mí misma en la cama mientras médico y enfermeras trataban de salvarme la vida. El hombre sin barba miraba desde fuera a través de la ventana. Lloraba. No pudieron hacer nada por mí. Me puse junto a mi supuesto marido. Continuaba llorando. Los sanitarios salieron a hablar con él. Al poco llegaron unos celadores, me cubrieron el rostro, y le explicaron que me llevaban al mortuorio, que allí podría quedar con los de la funeraria y que tendría que llamar al seguro, si lo tenía.

Aquel *pseudoLuis* consultó en internet el teléfono de la compañía y, a continuación, llamó. Se le veía realmente compungido, aunque yo no lo reconocía. Les pidió que llevaran mi cuerpo al tanatorio que había más próximo a casa y que lo avisaran cuando estuviera todo listo, que tenía mucha gente a la que avisar.

Yo me fui con él en el coche, era el de Luis. Aparcó delante de casa, sacó las llaves y abrió la puerta. Fue todo el camino tranquilo y en silencio. Nada más entrar se quitó los zapatos y la chaqueta. Se fue al comedor y se tiró en el sofá. Yo me puse sobre él a mirarlo fijamente. Entonces abrió los ojos con susto, como si supiera que lo estaban observando. Miró a su alrededor antes de irse al dormitorio. Allí comenzó a abrir cajones, como si no supiera lo que había en ellos. Abrió los armarios de par en par, bajó las cajas de los altillos y las abrió. En una de ella había cartas y fotos. Se sentó en el suelo a mirarlas. «Qué pronto te has ido, Ana», dijo en voz alta.

Yo seguía sin reconocerlo. Cuanto más lo miraba, más desconocido me parecía. Él leía las cartas con atención, serio, triste. Yo, lo contemplaba entre sorprendida e intranquila.

En el hospital, cuando ya habían firmado mi certificado de defunción y me llevaban de camino a ese lugar inhóspito donde llevan a los muertos, desperté. Al destaparme la cara, la mujer que transportaba la camilla por la parte de atrás, dio un grito que debió sonar en el último piso. Yo también me asusté. Sin decir nada más, se dieron la vuelta y entraron en el área de Urgencias pidiendo un médico en voz muy alta y al unísono. Cuando el médico llegó, lo primero que hizo fue alumbrarme los ojos con una pequeña linterna y preguntarme mi nombre. Al tiempo, un montón de gente me conectaba a máquinas, me pinchaban en el brazo, preguntaban al doctor qué ir haciendo.

–Ana. Me llamo Ana.

–¿Qué día es hoy, Ana?

–No lo sé, no sabría decirle. Tal vez martes.

–¿Cuántos años tiene?

–37

–¿Le duele algo?

–No, sólo estoy un poco adormilada.

–Eso puede ser por el sedante que acabamos de ponerle.

–¿Nota usted algo extraño? ¿Algo anormal?

–Extraño no. Tengo hambre.

Después de unas horas de pruebas y controles constantes, el médico que me había atendido regresó.

–Inexplicablemente está usted bien. Ya hemos avisado a su pareja, seguramente estará ya ahí fuera. En un rato lo dejaremos entrar.

–¿Usted lo ha visto?

–No, no sé siquiera si ha llegado.

–¿Le puedo pedir un favor? Antes de dejarlo entrar, ¿le importaría hablar personalmente con él y luego venir a hablar conmigo?

–No entiendo...

–Luego se lo explico, pero le ruego que no lo deje entrar hasta que no vuelva a hablar conmigo.

–Está bien.

Cuando el médico se fue y después de haber regresado a la vida, lo cual era más que milagroso, lo único que ocupaba mi cabeza era saber quién iba a aparecer por esa puerta como mi marido. Temía estar volviéndome loca. Todo lo que había sucedido desde hacía unos pocos días era eso, una locura. Quizá, efectivamente, ha sido una mala pesadilla y todo en mi vida continúa como siempre.

Durante la espera, llegó el momento de reflexionar de nuevo. Tocaba poner las cosas en orden. Si el que aparecía era su marido, el que ella reconoce como tal, su vida recobraría la normalidad y la felicidad regresaría a su vida; no obstante, ¿y si no es así? Quizá tenga que buscar fórmulas para averiguar si se trata de él o no.

IV

Se abrió la puerta de la habitación, el médico entró.

–Ana, su marido está ahí fuera. ¿Le digo que pase?

–¿Lleva barba, doctor?

–No, no la lleva. ¿Por qué me pregunta eso?

–Es una larga historia, pero antes de que me pasara todo esto y acabara aquí, me pasó algo relacionado con eso y, si se lo cuento, me va a tomar por loca.

–¿Necesita usted ayuda? Puedo pedir a psiquiatría que baje a hablar con usted.

–Ve, ya me está tomando por loca. No, no es necesario. Hágalo pasar, por favor.

El médico salió y, a continuación, entró su afeitado marido.

–Hola, Ana. ¿Cómo estás?

–Estoy bien, Luis; me encuentro bien. Veo que continúas sin tu preciosa barba.

–Mira, si eso va a ser un problema, vuelvo a dejármela. No quiero verte así, estás muy rara y cambiada.

–Ya, lo sé. Es que no sé muy bien qué me pasa. No sé si lo que tengo en mi cabeza fue verdad, o lo fue solo una parte y el resto fue mi imaginación o mi enfermedad en ciernes.

–Bueno, cuando nos vayamos a casa, intentaremos recuperar nuestra felicidad. Hablaremos de lo que haya que hablar y, si necesitamos un terapeuta, lo buscaremos. No te preocupes, todo estará bien. ¿Te puedo dar un abrazo? Creí que te había perdido para siempre, Cielo.

Y se acercó a ella, se sentó en la cama, la besó y la abrazó larga y fuertemente, emocionado.

–¿Estás llorando, Luis?

–Estoy algo sensible, sí.

–Venga, estoy aquí y no voy a irme a ningún sitio. Arreglaremos todo esto, ya lo verás.

Durante todo el día, él permaneció sentado a su lado y estuvieron charlando con normalidad, recordando momentos vividos, riendo incluso, como si nada hubiera sucedido. Ana se relajó, lo miraba a la cara y comenzaba a sentirse cómoda con él. A la mañana siguiente le dieron el alta y regresaron a casa. Antes, ella quiso parar a tomar un café con churros. Él solo tomó un zumo de naranja. A Ana le extrañó que no tomara un café, también que no le robara un tallo de su plato, porque lo hacía siempre. Decidió no empezar otra vez con la misma historia y se calló, pero rumió lo acontecido durante el desayuno unas cuantas veces.

Ya en casa, Luis le dijo que tenía que volver al trabajo. Ella estaba perfectamente y la tarea era ineludible. Así que se quedó sola. Como si tuviera un resorte en el asiento, se levantó inmediatamente y se fue al dormitorio, directa al altillo del armario a buscar las cajas que él había estado mirando mientras ella supuestamente estaba muerta. Allí estaban, tal cual. Abrió la misma que él tuvo entre sus manos y se puso a ver las fotos y a leer las cartas. Eran las que se enviaban cuando estuvieron separados una larga temporada por motivos laborales, muy al principio de su historia. A Ana le gustó releerlas y volver a aquellos felices días, de ilusión y amor a distancia. Se le fue la mañana en ello.

Cuando regresó al comedor, otra vez empezó en su cabeza el bucle de los últimos días. Necesitaba cerciorarse de que el hombre con el que estaba era Luis. Se le ocurrió una idea. Decidió organizar una cena en casa con los amigos más cercanos a modo de sorpresa, pero, sobre todo, para ver si ellos notaban algo extraño también en él. Cogió el teléfono y los llamó uno a uno. Concertó la cita para el sábado por la noche. Ése sería el día en que saldría de dudas, pensó. Acordó consigo misma comportarse con absoluta normalidad hasta entonces con Luis y no sacar a colación en ningún momento nada de lo sucedido.

Cuando él llegó por la noche, ella había preparado una rica cena. Nada más entrar, Luis la cogió por la cintura y le dio un largo beso, como siempre; después, se duchó y se cambió de ropa. Ella notó que él tenía una incipiente barba, que no se había afeitado. Le había pinchado la cara al besarla. Eso la animó.

Durante la cena, hablaron del hospital, del susto que se había llevado, de lo mal que lo pasó cuando el médico certificó su muerte y contó a Ana que había vuelto a casa a mirar fotos y leer cartas; pero ella ya lo sabía, porque -de manera inexplicable- lo había visto, algo que no podía contarle para no terminar de parecer más loca. Tras comer, él fregó los platos y quitó la mesa. Después se sentó junto a ella en el sofá y le dio un perfecto masaje en los pies, durante el que Ana se durmió.

V

– ¿Has visto mi corbata azul?

– No, pero creo que es posible que esté con la ropa sucia porque la llevaste puesta hace poco y no hemos puesto la lavadora desde hace una semana.

– Puede ser, sí. ¿Y cuál me pongo? Échame una mano.

Ella se acercó al perchero corbatero y eligió una que le regaló su madre en Navidad y que no había estrenado aún, porque a Luis no le gustaba nada.

– ¿En serio? No me voy a poner eso.

Ella rio con ganas.

– No está tan mal, jaja.

– Me niego. Es más: tírala. No quiero volver a verla.

– Luis, tirarla me parece excesivo. La sacamos del perchero y la metemos en un cajón. Ponte esta otra, anda.

Le ofreció una corbata con cuadros blancos y negros que combinaba perfectamente con el atuendo elegido por Luis.

– Esto ya es otra cosa -dijo mientras se la iba poniendo.

– Estás muy guapo hoy, no sé si es esa barbita que te está saliendo o qué, pero estás especialmente atractivo esta mañana.

– ¡Guau! Esto sí que es nuevo y, sobre todo, una putada, porque no tengo ni cinco minutos para aprovechar como es debido este piropo mañanero tan insinuante.

– Bueno... Si sigues así de guapo esta noche, puede que te lo repita...

Tan buen rollo después de tanta distorsión los sorprendió a los dos, que se miraban entre contentos y atónitos a la par que se acercaban para besarse con deseo.

El día transcurrió con normalidad, sin sobresaltos, sin calentamientos de cabeza. Ana estaba tranquila y contenta. Aprovechó para contestar algunos correos, hacer algunas llamadas y terminar de organizar lo del sábado. También puso un par de lavadoras y llamó a algunas amigas, con las que tenía pendiente contarles su susto hospitalario. Las horas pasaron deprisa y cuando miró el reloj era prácticamente la hora de comer. Luis estaría a punto de llegar. Descongeló en el microondas un par de platos de cocido e hizo una ensalada. Justo a tiempo lo escuchó aparcando frente a la puerta.

– ¡Hola! -dijo él nada más entrar.

– ¡Hola! -respondió ella animada.

– Deberías mirar hacia abajo.

– ¿Hacia abajo? ¡No me lo puedo creer! ¡Si tú no querías perro!

Un cachorro de galgo movía la cola de un lado a otro en la puerta de la cocina. Cuando ella quiso acercarse, salió corriendo.

– ¡Qué bonito, Luis! ¡Gracias! ¡Gracias!

– Creo que te lo debía. Me reservaba la sorpresa para un poco más adelante, pero creo que éste es un momento perfecto para que un peludito nos ayude a liberar tensiones.

– ¿Es macho o hembra?

– Hembra. El nombre ya se lo pones tú.

– Quiero llamarla Luna.

– Pues ya tiene nombre.

Ana fue a buscar a la perrita, que se había acostado en el inmenso sofá del salón. Mordisqueaba el cojín de pana azul que tanto le gustaba y no le importó en absoluto. La cogió y la levantó en alto para mirarla de cerca y luego le dio un abrazo inmenso mientras Luna protestaba. Luis había comprado también comedero, bebedero y comida, así que buscaron juntos un lugar donde colocarlos y le sirvieron una buena ración de la que la perrita dio buena cuenta.

– Soy la mujer más feliz del mundo, Cariño.

– Ya te veo. Pensé que no volvería a verte así. Yo también soy feliz.

VI

La perrita correteaba a su antojo de aquí para allá, oliéndolo todo, subiendo al sofá, sentándose entre ellos. El almuerzo se había enfriado y él lo recalentó mientras ella acariciaba y besaba a Luna. Luis tenía poco tiempo para comer, así que se limitó al primer plato y tomó un café antes de volver a irse. Luna se le acercaba buscándolo y le echaba las patas delanteras para que la cogiera y él lo hizo. Ana les hizo una foto. La imagen le pareció preciosa.

Cuando él se marchó, Ana también comió y se echó en el sofá. La perrita fue a acostarse con ella y se durmieron juntas. Ana tuvo un agradable sueño por primera vez desde aquel extraño día. Al despertar, cogió el teléfono y anuló la cena que había organizado poniendo una excusa. Ya no necesitaba escudriñar nada, todo estaba claro. Lo que le había pasado era fruto de su accidente cerebro vascular. Luis es Luis y ella estaba feliz.

Luna lo recibió cuando llegó de la misma manera que lo despidió, poniéndose a dos patas y buscando que él la cogiera. Solo se lo hacía a él. Ella hacía como que se iba para ver si también le echaba a ella las patas, pero no; lloriqueaba y dejaba de mover la cola. También probó a salir y volver a entrar, y entonces la perrita ladraba y movía el rabo con mucha alegría.

Esa noche la sacaron juntos a la calle a darle un paseo y a que hiciera sus necesidades en un jardín no muy alejado. Tenían que llevarla amarrada, porque era muy pequeña y temían que se escapara. Los llevaba arrastrados todo el camino, como con prisa y no habían llegado al jardín cuando Luna ya había hecho un pipí en la acera del vecino y una caca mientras esperaban que el semáforo se pusiera verde para cruzar. Todo les hacía gracia. A Luis le sonó el teléfono durante el paseo y se alejó un poco para hablar; al llegar donde estaban ellas, la perrita lo recibió de nuevo a dos patas. Él no la cogió, se agachó y la acarició suavemente bajo el hocico recibiendo un lametón en la cara.

Pasaron los días y las semanas y todo iba bien. La alocada cachorra también había crecido un poco y era algo más obediente.

Ana volvió a su rutina laboral, también quedaba de vez en cuando con sus amigos para tomar algo y se llevaba con ella a Luna siempre que la cita era en una terraza. Luis la sacaba temprano por la mañana y ella a mediodía. La última salida, siempre que el trabajo se lo permitía, la hacían juntos y aprovechaban para comentar el día. Volvían a ser felices, eran los de siempre. Atrás quedaron los miedos y las historias extrañas; además, Luis, de nuevo, tenía una bonita barba entre la que perder los dedos para relajarse. El sexo también había vuelto a sus vidas, interrumpido a veces cuando Luna saltaba sobre la cama con ganas de juerga. Hasta eso los hacía felices. La cena con los amigos la hicieron un sábado por la noche en su casa, ya sin más intención que la de pasar un buen rato. Todo era miel sobre hojuelas.

VII

El día de su aniversario, Ana salió con Luna a buscar un buen regalo a su querido esposo. No tenía una idea clara de lo que quería, así que anduvo mirando en un sitio y otro tratando de dar con algo que la entusiasmara. Se planteó también regalarle un fin de semana en algún idílico lugar, pero pensó que igual no podían llevarse a Luna y que eso iba a ser un inconveniente. En la Rambla de Almería encontró una docena de puestos de artesanía y vio uno en el que hacían carteras de cuero. Se detuvo en él y pidió al joven que las hacía que le enseñara una en concreto. La abrió y tenía compartimentos muy prácticos; también podía llevarse con el asa, colgarse del hombro o convertirla en mochila. Le preguntó al artesano si podía grabar un nombre de algún modo en la cartera. Este le contestó que era más fácil por dentro que por fuera. Luna, que había estado muy tranquila todo el tiempo, comenzó a tirar de la correa. Ana le riñó, pero ella seguía tirando y protestando. La perra se levantó y alzó sus patas para saludar al hombre que había a su lado. Lo miró. No tenía barba, era Luis sin barba; pero no podía ser... Lo miró muy seria, incrédula.

–¿Luis?

–Sí. ¿Nos conocemos?

Luna se dejó acariciar bajo el hocico por aquel hombre. Ana soltó la correa y dijo en voz baja: «Otra vez no».

EL ALMA DE LAS COSAS

CARMELO MARTÍNEZ ANAYA

El alma de las cosas es un pequeño pueblo subido a una montaña. Su color es blanco al sol y desluce un poco a la luz del invierno. Sus calles son retorcidas, estrechas, empinadas, y por sus costanillas se cuela un aire de invierno que invita a dejar la calle y buscar el calor de las casas. Las casas no eran nada del otro mundo: casas blanqueadas de cal que ocultaban paredes maestras de cemento y piedra que han sido mil veces reparadas, como viejas ropas de calidad muchas veces remendadas. Esconden viejas dependencias de cuadras para animales y rincones ocultos en el vientre de la montaña que resudan humedades como cuevas. Es un pueblo que ya ni se acuerda de cuándo fue importante, de cuándo pudo presumir de disponer de teléfono, de abastecimiento de aguas y de una población seis veces mayor cuando la tierra de su municipio aún era capaz de proveer de riquezas. Se secó su vientre y desde entonces no hay sino sequedad, aspereza, desolación y abandono. Hay quien dice que es un gigantesco geriátrico y por sus calles vacías apenas se ven figuras en las noches de invierno que más parecen fantasmas que personas. Una de cada dos casas está vacía, vacía de habitantes, pero ya también vacía de recuerdos. Sus hechuras de otra época las convierten en animales muertos e inútiles que ya nadie quiere.

Pero aún así, como el viento en las noches de invierno, a veces su alma recorre las calles y recobra vida como si no estuviera moribundo y agonizante. Entonces aparecen gentes que te sorprenden, como esos críos cuyos gritos se oyen de pronto, que no se sabe muy bien de dónde han salido, y los ves en el atardecer arrastrar zarzales y arbustos, tal vez algún mueble viejo, y los dejan tirados en la calle, amontonados a la espera de la hora adecuada. Aparecen niños y jóvenes de donde no esperabas encontrar a nadic, todos ajetreados, haciendo algo, colaborando en algo, a la espera.

Y de pronto estalla el fuego y la noche se viste de luces y de reflejos azulados de las llamas. Santa Lucía ha prendido fuego a las hogueras. Y lo que en otras ocasiones podría ser un via crucis solemne se convierte en una fiesta. Y el visitante alucina con la vida nueva que ha brotado en un instante. Las gentes salen de sus casas como animales que acabaran su hibernación. Los críos encienden sus hachos en las lumbres y comienzan a hacerlos girar en círculos que iluminan sus cabezas, que alucinan con sus rastros de luz circulares en la noche. El visitante se acerca a una lumbre. Saluda. Lo invitan a comer las patatas y embutidos que se asan en las ascuas, charla con los dueños de cada lumbre, la más cercana a sus casas, en cuyo alumbramiento han participado. El visitante es acompañado de otros que jamás vieron una fiesta como ésta, que se enamoran de la noche fría cargada de lumbres y hachos. Dejan una lumbre y caminan por las calles buscando la siguiente lumbre y en ésta se repite el ritual. Saludan, hablan, beben, comen. Alrededor, los críos corren con sus hachos. Los pequeños quieren aprender a lucirlos, entre el temor al fuego y el asombro de su belleza. Sus mayores los enseñan con cuidado. Los pequeños brazos hacen girar pequeños hachos. Y en las caras de los críos se ilumina el alma de una fiesta que se perpetuará en sus miradas francas, húmedas, llenas de vida.

El alma de las cosas es una tarde de mayo en la plaza más alta de ese pueblo. Las tardes ya largas y ligeras alumbran la vida de unos setos que después parecen pequeños pero que para los niños son enormes, entre los cuales corren, gritan, mientras sus madres asisten en la ermita a las Flores de Mayo. Uno de los críos se sienta en un poyato de la plaza, otro se inclina y deja la cabeza entre sus piernas. Otros dos se inclinan y esconden la cabeza entre las piernas del que le precede. Y el otro grupo salta sobre ellos. A veces con mala idea para hacer un poco de daño. Cuando el que salta es muy pesado se nota un quiebro en la cadena, un pesar en la espalda aún tierna, un resoplido que provoca el impacto, pero los niños no se dejan vencer: sería una derrota. Los de arriba hacen unos gestos, se llevan las manos a una parte de su brazo. Si aún hay suficiente luz un pícaro tal vez pueda ver en la sombra del suelo donde está la mano. Si acierta, las tornas se invertirán y los que están arriba tendrán que agacharse y soportar los saltos de los otros. El que está sentado en el poyato hace de juez. No puede mentir, sería una deshonra, nadie podría fiarse luego de él y sería expulsado del juego. Gritan, se quejan que los de arriba se mueven demasiado, no se debe hacer para no dañar más de lo necesario. Burro va, media manga, mangotero, grita uno de arriba. Los de abajo se ponen de acuerdo y dicen cómo está colocado el brazo del primero de los de arriba. El que está sentado en el poyato grita que sí, que han acertado, pero antes de que se bajen los de arriba se oye un grito y un zángano corre y salta desde lejos arrollando la tropa. Todos caen en tropel. Las madres que salen de misa se acercan asustadas de que sus niños se hayan hecho daño pero lo que encuentran son unos críos tirados en el suelo, sucios de tierra y alegres de vida, que se levantan y ríen. Alguno se lleva la mano al brazo. Un poco de daño al caer no ha hecho nunca daño verdadero a un niño. Sudan, se meten las camisas por debajo de los pantalones de tergal grueso, se ajustan los jerseys de lana y se disponen a repetir la faena hasta que una madre demasiado precavida se lleva a su hijo porque los demás son unos bestias y el niño que se va lo hace protestando de tener una madre así, avergonzado de su protección. El griterío sigue, los otros siguen con un nuevo corro del mangotero y las Flores de Mayo protegen a sus hijos.

El alma de las cosas es un niño que se inventa un futuro. Que se sube al autobús y llega a un lugar desconocido donde lo esperan, impacientes y tan nerviosos como él, otros muchos. Es un día importante, en que mira a su alrededor y lo que no es conforme a sus sueños: es mucho mejor. Hay niñas tan bellas que no las supo imaginar, que ya alumbran los cuerpos de la mujer que serán. Hay otros chavales que hablan con él, un poco perdido. Luego entran a las aulas donde los reciben profesores distintos y distantes que tal vez luego serán muy cercanos. Pronto se hacen las camarillas, los grupos, las pandillas, y los chavales descubren nuevos amigos que tampoco habían acertado a soñar. Algunos serán amigos toda la vida, se sospecha. Y luego carga con los libros y vuelve al autobús, y cada uno cuenta su gran historia de su primer día, que a nadie ha dejado indiferente. El alma de las cosas son los descubrimientos de la adolescencia que te harán hombre, que configurarán una personalidad que a veces cambia con las amistades, con los primeros amores. El alma de las cosas es ese primer enamoramiento inconfesable, ese temor que hace temblar la carne joven, ese no ser capaz de hablar, de lanzarse, de pedirle algo a esa chica, de ser rechazado. Y es esa callada atracción que no es carne de confidencia porque teme que los amigos también estén enamorados de la misma, que se rían de tus anhelos, esos amigos que parecen haber nacido para ser admirados y queridos por las chicas que te gustan. Y es ese acercamiento de la que menos esperabas, la que considerabas inaccesible, hace alrededor del chico y comienza a hablar con él y comienzan a pasear un poco alejados de la pandilla y entonces siente que crece, que se eleva, que ya no es el cuerpo joven y encogido que temía sino un alma que se expande, que hace brotar cosas que no se sabía que estaban ahí, que nadie esperaba. Y lo que era un deseo infantil explosiona como un deseo adulto y el objeto del deseo ya no es tan importante porque ese deseo es tan inmenso que es capaz de abarcar cualquier objeto al alcance de los ojos, de la piel, del corazón. Y el chico se va haciendo hombre dividido en dos, enriquecido, cuando el deseo inmenso ya no tiene límites y los sueños se multiplican sin tasa. El alma de las cosas son esos primeros bailes pegados, esos primeros besos en la oscuridad de un rincón, esas primeras manos que tocan otro cuerpo como si siempre hubieran sabido hacerlo aunque él no fuera consciente. Y más adelante llega lo que parecía impensable. Lo que no era sino la proyección de un deseo inmenso se convierte en el objeto de quien menos se podía esperar, de una mujer que ya no era una niña y que ve en el muchacho lo que nadie, ni él mismo, había podido ver. El alma de las cosas es mirar por la ventana, abstraído, y sentir que se dirige a ti, que te pregunta, que quiere saber si esa mirada perdida es un desprecio cuando no es sino todo lo contrario, y le responde y ella lo mira a los ojos, y luego, cuando ambos están de pie, mirando lo que ya no tiene importancia, se acercan los cuerpos y se rozan y sienten el calor y nace algo que no se olvidará jamás, como tampoco se olvidarán esas lágrimas que el muchacho no puede comprender, o comprende muy tarde, que serán por él.

El alma de las cosas es una noche de verano en que todos entregan a los demás lo mejor de sí mismos. Todo el mundo espera esa noche con sensaciones encontradas: la esperanza de una gran noche y el temor de que no lo sea. Todos se preparan: niños, jóvenes, adultos, hombres, mujeres, se acicalan lo mejor que pueden para ser aprobados por sus paisanos. La noche refresca los días ardientes y las calles comienzan a poblarse al anochecer, buscando los bares donde preparar la larga noche. Se ven los puestos de toda clase de quienes buscarán ganarse la vida mientras los demás se divierten. Los padres llevan a sus pequeños a los columpios, a las casetas de tiro, a los coches eléctricos y los entretienen un rato hasta la hora de cenar con la familia o los amigos. El alma de las cosas comienza cuando, en la madrugada, la verbena y los mayores se sientan en las mesas alrededor del espacio para el baile donde mirarán hasta muy tarde cómo los menos mayores se divierten con ojos un poco aburridos de quien ya lo ha visto muchas veces, de quien también fue joven y piensa que ya no se divierten los de ahora como se divertían ellos. Algunos recuerdan sus hazañas o los rumores que entonces fueron la comidilla del pueblo, cosas que se dice ocurrieron en noches un poco imprevisibles como éstas. Los irredentos se apalancan en la barra como si tuvieran que sujetarse desde el comienzo hasta que despunta el sol. La noche será larga de gintonics y corta de alegrías, como todas. La verbena se convierte en el alma de un pueblo que se observa a sí mismo, que se gusta a sí mismo, que se vuelve a enamorar un rato de sí mismo. Los matrimonios se pierden en la vigilancia de los niños hasta que los mandan, ya de madrugada, a acostarse con los abuelos, y entonces comienza la noche de verdad para ellos. Se abren pasillos entre la gente para conseguir unas copas que se derraman más de lo debido sobre las camisas de los que se ponen en medio. Y los muchachos aprovechan para lanzar miradas furtivas a mujeres, más hermosas que nunca, insospechadamente hermosas en esas noches frescas y alegres. La música hace saltar, mueve cuerpos con coreografías que embellecen las caderas y las piernas sobre los altos tacones. Los bustos se desatan de carne palpitante y sudor que brilla a los ojos agónicos del deseo. El alcohol impulsa la confianza y se dicen cosas que en otros momentos serían impensables. Se hacen acercamientos que nunca se hubieran imaginado. Se cruzan miradas que, esta vez sí, son respondidas en un silencio estruendoso entre la gente, que permanece ajena a ese contacto tan sólido como un abrazo. Los muchachos entran y salen del baile, van de un sitio a otro, se aburren y se divierten, se ilusionan y se decepcionan. Un malentendido puede hacerte el hombre más triste de la noche. Pero eso no te hace abandonar, te mantienes ahí hasta el final, hasta que la música agoniza y parece coordinarse con la frustración y un pequeño dolor se instala en el pecho hasta que, mucho tiempo después, alguien te explica que sí quería estar a tu lado pero que te sacrificó por el amor de una amiga que lo necesitaba más. Te vas a casa, a dormir hasta el mediodía, pues la noche siguiente sabes que vas a hacer lo mismo, vas a ver a los mismos, vas a jugar a las mismas miradas y vas a estar al lado de quien quieres porque no es noche de estar solo.

El alma de las cosas es una cena para dos. No una cena ostentosa ni una cena elegante ni en una fecha señalada, sino una cena un día cualquiera, no el mejor restaurante o en el más caro sino en el más humilde o improvisado. Lo que no es improvisado es quien comparte la cena contigo. Una cena nueva tras miles de otras cenas tan habituales como ésta. Y en esa cena hay silencios, pero no silencios largos o incómodos, sino los silencios que nada dicen porque todo está dicho. También hay conversación, pero no la conversación ilusoriamente trascendente o amante sino la conversación consuetudinaria que pronto será olvidada, porque lo que importa de esa cena no es lo que se dice sino estar. Estar como se ha estado miles de veces antes, como se confía estar miles de veces después. No hay velas románticas porque no hacen falta. La conquista fue una etapa ya superada porque lo que viene después es mucho más importante, es compartir un destino en el que sabes que no estarás solo. Es esa cena en que el enamoramiento ya quedó lejos, no porque haya desaparecido sino porque está ahí, como el aliento o el corazón latiendo, sin que tengas que recordarte que existe porque no hay motivo para dudarlo. Es una cena en que los ruidos que te rodean ponen una música que no es necesario tampoco que sea hermosa pues la cena ya puede ser perfecta cuando no se necesita un escenario. Es esa cena en que las máscaras han caído, en que no se necesita la simulación ni el disimulo ni la actuación porque basta con la presencia, al otro lado. Tal vez haya unas manos que se junten sobre el mantel, pero no serán las manos del que necesita auxilio sino del que lo tiene y lo agradece. Son las manos que se entrelazan cuando el único miedo es perder las otras manos. Es la cena en que no se necesita mencionar el amor porque el amor es lo que os une en esa mesa, como una gravedad mínima, horizontal y voluntaria que uno sabe nunca dejará de ejercer su fuerza. Es esa cena en que el amor es un imán que atrae los cuerpos sin necesidad de escenografías pues ambos saben que los disfraces caerán pronto y sólo quedarán los cuerpos desnudos.

El alma de las cosas es un patio de macetas y flores en el que se oyen las voces de los vecinos. Es una plazoleta blindada de paredes blancas al sol del sur que hace eco de los gritos de la calle. Es una calle en cuesta por donde se oyen los zapatazos de los críos cuando corren. El alma de las cosas es mirar desde tu ventana y ver a los vecinos cuando caminan o charlan; o ver a tu vecina arreglar sus macetas y luego salir a pasear con su perro, ese que se mea en tu esquina, a la que has echado vinagre. Es ese griterío de los críos que juegan a algo y ese ladrido de los perros que corren tras ellos. Arreglas las macetas de tu balcón y de la entrada de tu casa y las vecinas te miran con envidia y admiración y entonces sabes que estás dónde y como tienes que estar. Es mirar las ventanas de las casas que te rodean, de las casas que hay junto a la tuya, y ver e imaginar la vida que hay dentro. Como si fuera un teatro, piensas en ello y luego dudas que sea como la imaginas. Son esas ventanas en la noche, cuando puedes ver algo del interior de esas casas gracias a las luces y los ves andando para coger algo, para alcanzar algo, o los ves sentados ante una televisión que los entretiene. Te preguntas cómo no les preocupa ser vistos y luego piensas que tal vez eso es lo que quieren: ser vistos, para tener la existencia que muchas veces la vida nos niega. Es un volumen demasiado alto que te dice qué están viendo, o es el ruido de una cocina tras la cena, o el sonido de un instrumento que la niña del cuarto toca cuando más molesta: a ver si aprende de una vez. Pero sabes que ha de pasar por los rasguños para forjar la vasija, y la dejas hacer sin protestar. Es el viento que mece las cortinas de las ventanas y de los balcones en las noches de verano, como velas de barcos que jamás levarán anclas. Es un vecino que baja a la calle y abre el maletero del coche y lo ves descargar. O que abre el capó para descubrir qué ruido raro hace el motor. O los adolescentes sentados en un tranco mirando sus móviles y riendo. Es una vecina en camisón que se asoma para buscar el frescor de la noche. Y es un hombre en mangas de camisa que vuelve a casa y tira la colilla a la puerta antes de entrar. También es un perro solitario que callejea sin destino, como tantas personas.

El alma de las cosas es una cena con amigos al borde del mar entre el canto de las cigarras y el arrullo del oleaje. Es cuando dejan de existir los problemas y se cierne sobre el grupo la paz y la belleza serena de la noche, noche que sabe a cerveza y a vino y a sal. Es cuando se cuentan las cosas que de verdad importan y cuando se crean las convicciones de las amistades eternas que el tiempo se encargará de agotar. Pero hasta entonces los amigos hablan y conversan, a veces gritan, se cuentan cosas que nadie sabía hasta entonces y se compara la vida con la vida y la ensoñación con el sueño. Son esas cenas que comienzan al anochecer y se prolongan hasta la madrugada, en las que uno cree en el amor universal por un rato y sueña con la serenidad perpetua que la mañana romperá. Es una cena que interrumpen los gritos de los que alargan la tarde en la playa, de los niños que corren y juegan, de los pescadores que apuntan sus cañas, tal vez de algún grupo de jóvenes que hacen una lumbre alrededor de la cual cantan y bailan al son de la música que ponen en sus móviles. Son esas noches en que el corazón parece que late con más fuerza, con tanto vigor que parece que jamás se detendrá. Esas noches parecen tener rostro, un rostro agraciado y sereno que no perturba los ánimos sino que los ensalza en la fraternidad. La noche no puede mostrar las arrugas de ese rostro, su piel parece tersa e imaginas un tacto precioso y una mirada luminosa, a pesar de la oscuridad. Son esas noches en que los deseos imposibles parecen al alcance de la mano, en que nada parece imposible y en que uno desearía que el tiempo se detuviera para no estropear lo que es movimiento y deseas estampa. Pero las fotografías de esas noches no pueden captar su alma, pues ésta es invisible y esquiva, como el amor, te confía y te entretiene, te confunde y te aísla del mundo un instante, el necesario para rogar en silencio que vuelva otra vez, otras muchas veces, esa forma delicada y luego algo triste de felicidad.

El alma de las cosas es navegar por un río sin agua. Un río que nace en lo alto de un valle para desahogar la sequía de sus lágrimas en un mar que ya no lo espera. Es una navegación en la que no existen cartas que poder estudiar sino que se empieza en un barco de papel o en un cesto, como aquel niño que fue encontrado. Tal vez alguien te descubra, tal vez alguien te señale el camino. Es un tránsito para el que nadie está preparado y que todos hacen. No se necesita estudiar, sólo dejarse ir. Ir pasando los días, las semanas, los meses y los años y, como si la fuerza de la gravedad te arrastrara, llegar a ese mar que no espera agua pero sí almas perdidas. El alma de las cosas es un río que ya no está en los mapas porque hace mucho que dejó de serlo. Es un río de vida que nace en las montañas y cae al mar como un ave que se abandona. Nace en un pueblo blanco subido a una montaña y cae al mar junto a otro pueblo blanco subido a una montaña. Simetría de la vida que, en medio, deja restos de alma y restos de piel en los escalones, como quien se arrastra porque no le llevan las piernas. Pero en cada escalón habrá dejado algo de sí a los demás: una niñez, una juventud esperanzadora, tal vez una madurez cabal pero no ilusionante, y luego una vejez que busca la dulzura de la brisa del mar y la paz de las olas. El alma de las cosas es dejarse el alma en cada escalón y luego depositar sus alas junto al mar.

El alma de las cosas es una música que te envuelve en la soledad placentera como un útero cálido y hermoso. Es una música que no se entiende y en esa ignorancia se encuentra el fondo de una sabiduría que jamás podrá ser desvelada del todo. Es esa música que se oye cuando la luna alumbra más que el sol, cuando la mirada se confunde y en lugar de expandirse fuera de tí te sumerge en una profundidad que no puedes captar del todo pero que te acongoja de una plenitud que raras veces puedes sentir. Esa música es un alma que va abriendo puertas en el interior de un palacio que sueles ignorar, puertas que no sabes a dónde llevan porque no puedes aprehender lo que hay en cada habitación con los sentidos sino con algo más profundo que también desconoces. Pero sabes que has de pasar por ahí, que has de entrar, caminar por esas habitaciones que parecen vacías pero que están tan llenas que te colman de una satisfacción impensable que no cabe explicar ni compartir. Ese alma de las cosas intuyes que te lleva hasta tí, a rincones que no conoces, que tal vez alguna vez, un instante tan efímero como éste, hayas podido intuir. Pero las intuiciones no son recuerdos, de modo que lo olvidaste cuando volviste a la vida de los sentidos, a la vida del sol que ilumina las cosas, y la materia entonces se impuso rotunda y sólida y esa sensación quedó sepultada en los pensamientos que enturbian el día a día. Por eso vuelves a la música, aunque sólo unas pocas veces y sólo con algunas de esas músicas puedas recobrar lo que tocaste un instante con la yema de los dedos y olvidaste. No conoces el itinerario de ese palacio profundo por el que deambulabas ingrávido, pero sabes qué es lo único que puede conducirte otra vez por ese laberinto: Bach.

El alma de las cosas es esa existencia que a veces te preguntas si realmente ha existido, si lo que te ha ocurrido a lo largo de los años es real o inventado por una mente perturbada y cruel, tal vez juguetona, que nadie más puede apreciar. Porque nunca sabes lo que es real o no sino a través de los demás. Y tienes que pellizcarte a ti mismo para convencerte de que estás despierto. Pero después el pensamiento esquivo te pregunta si ese pellizco no será también una parte del sueño. Y si ese sol no será una alucinación, y si esa gente que se cruza contigo no serán sino fantasmas y si esa tortura de los días no será un castigo. Pero entonces vuelve la conciencia, o lo que crees que es la conciencia, y te dice que sí, que lo tocas, hueles, oyes y ves es real. Y luego algún oscuro rincón de tu conciencia te dice que tal vez lo que tocas, hueles, oyes y ves no sea sino fruto de tu imaginación, de tu voluntad de vivir más que de la vida real. ¿Qué es la vida real?, querrías saber. Pero nadie te puede responder porque todos viven en la misma ensoñación que tú, en la misma incrédula conciencia de lo profundo. Esa profundidad donde el caos se percibe con un orden incomprensible y convierte la vida en una sustancia amorfa contra la que es inevitable luchar a diario. Pero esa sustancia es como arenas movedizas, en que pareces moverte pero no avanzas, en que tus brazadas se pierden en el arenoso, denso, infierno de tener la sensación de permanecer anclado cuando tu alma desea avanzar y salir, respirar el aire puro que uno imagina un poco más allá, siempre un poco más allá.

El alma de las cosas es un papel en blanco, tan vacío y resbaladizo como la nevada falda de una montaña. Es un blanco inmaculado impuro, que da miedo, porque en él sólo se puede hurgar en la vida, generalmente en lo peor de la vida. A veces también en lo mejor, pero siempre en lo oculto, en lo que permanece ajeno a las miradas que resbalan sobre las cosas. Es un blanco inmaculado impuro porque siempre, incluso en los momentos más hermosos, es una lamentación. Una lamentación del dolor y, a veces, incluso una lamentación de la fugacidad de la belleza. Es una alta montaña cuya falda empinada puede despeñarte fácilmente porque su blanco inmaculado se mancha de tintas negras que son fruto de pensar y de sentir, esa mezcla de las facetas humanas que más lejos nos pueden conducir a las profundidades abisales o a las cimas más elevadas. Cada vez que se plasma sobre el blanco una palabra se inicia un viaje, un viaje sin retorno pero que no sabes dónde te puede llevar. Es ese vacío inmenso y solitario desde el anonimato más cruel donde no eres nadie y lo eres todo.

El alma de las cosas es un grupo de personas que ha intentado dejar lo mejor de sí mismos en unas páginas en blanco. Son héroes insensatos conducidos por un pastor aún más insensato. Insensato pero con un propósito, ahora que la mayoría de personas vive sin ninguno, lo que los lleva más cerca de la muerte cada día. Ese propósito insensato se plasma en cuatro libritos que muchos leerán con desdén porque no se los han vendido a un alto precio ni les han dicho que los ha escrito un rostro conocido de la televisión. En esos libritos, en esas pequeñas historias, están los corazones y las vísceras de los que se juntan, de los que hablan, de los que comparten, bajo la batuta del insensato. Tal vez alguna vez puedan juntarse a compartir el momento una noche sin luces en la que Mojácar se llena de velas como la única iluminación razonable y hermosa, del mismo modo que hay momentos en que un cuerpo sólo puede vestirse con su desnudez. El insensato persiste en su proyecto como el agua en las rocas y el viento en las montañas y erosiona la vida dura que no quiere dejarse mecer en las palabras. Basta que esa erosión conquiste un corazón cada año para que el propósito se cumpla a pesar de los pesares. ¿Quién será entonces el insensato?

EL TESORO DE PLAYA PARAÍSO

JESÚS MARTÍNEZ GÓMEZ

En un abrir y cerrar de ojos, el pequeño círculo creado frente al vetusto edificio creció hasta formar un grupo de unas veinticinco personas, en su mayoría desconocidas para él, a excepción hecha de algunas a las que saludó con afecto, iniciando una charla interrumpida por el toque de atención que resonó, fuerte y claro, entre los presentes.

– ¡A ver, buenos días a todos! La mayoría sabéis quién soy y si hay alguno que no, supongo que se haría una idea clara sobre mí a través de la página donde hicisteis la inscripción. Mi nombre es Pedro y sólo quiero informaros de algunas cosillas antes de entrar: la más importante, que no os despistéis y vayáis agrupados para no forzar en exceso la voz por mis problemas de garganta, aunque reconozco que este micrófono y el amplificador portátil los alivia bastante; y la segunda, que podéis preguntar lo que queráis. Sin problemas. Si lo sé, contesto, y si no, me hago el sordo, como consecuencia, el mudo, y punto -una risa generalizada acompañó las últimas palabras-. Y nada más. Espero que disfrutéis este ratico y contribuir con ello al mejor conocimiento del patrimonio local. Gracias a todos por vuestra presencia.

Un murmullo de aprobación y reconocimiento respondió a esta intervención mientras el guía procedía a introducir la llave en la cerradura y el grupo se alineaba ordenado a la espera de consumar el acceso.

Para Manuel, traspasar la puerta de hierro forjado del Pósito Municipal, defendida por dos pilastras coronadas con capiteles corintios, dejando atrás la hermosa y adusta fachada neoclásica y adentrándose en el edificio de planta rectangular, que centraba gran parte de las miradas de los ciudadanos que transitaban por la Plaza Constitución, en donde se hallaba, suponía regresar a su infancia y adolescencia. Y significaba, también, volver atrás en el tiempo, rememorar aquellos días en los que el edificio, convertido en establecimiento comercial especializado en todo tipo de prendas de confección y productos textiles como telas, tejidos, ropa de cama y demás, estaba abierto al público que realizaba sus compras sin percatarse, quizás por el hábito y la escasa conciencia patrimonial de entonces, del enorme valor histórico y artístico de algunas construcciones locales, entre los que ésta ocupaba un lugar principal.

No era éste el caso de Manuel. Él sí lo sabía. Por ello, cuando dos días antes constató que estaba prevista una visita guiada para dar a conocer esa mínima parte patrimonial que aún se conservaba en la población, llamó rápido al teléfono indicado ante la sospecha de que el cupo de inscritos estuviese cerrado. Sirvió para corroborarlo y lamentar, de paso, no haber hecho la gestión en persona, pero seguro que aún quedaría alguien a quien acudir para incluirlo en el listado porque el funcionario que le informó sólo parecía dispuesto a dar por finiquitada la conversación. Eso sí, antes de colgar, mencionó el nombre del guía a cargo de la visita y, al oírlo, a Manuel se le iluminaron los ojos. El encargado de mostrar el edificio era un antiguo compañero suyo y buen amigo al que apenas veía desde la jubilación de ambos siete años antes.

– Dígame -la voz ronca, inconfundible, sonaba desganada y con aroma a qué querrá y quién será el tocapelotas de turno-. ¡Dígame! -repitió con más fuerza aún.

– Pedro, soy Manuel -silencio más largo de lo habitual al otro lado de la línea-, Manuel Martín...

– Joder, Manuel, ¿qué me dices, cuándo has venido? Hace ni se sabe que no te veo y cuando pregunto por ti a la familia o a alguno de los amigos, me dicen que no paras, que andas de aquí para allá, que vienes lo justo y menos, y que, cuando lo haces, es para algo rápido y adiós muy buenas -las palabras le salían a Pedro a borbotones y sólo eran el pretexto para ir a mollar, saber el motivo de la llamada, pero contra lo que yo preveía aguantó y me pasó el testigo.

– Llevan y llevas mucha razón. Es verdad que vengo por Huércal menos de lo que debería y que desaparezco en cuanto resuelvo lo que me haya hecho venir. No me preguntes por qué, pero cada día me cuesta más reconocer aquella geografía de nuestra infancia y reconocerme a mí mismo jugando, paseando y creciendo en todas esas plazas y calles que han cambiado tanto o más que yo. Siguen ahí, pero han sufrido operaciones de cirugía estética de dudosa eficacia o se las tiene viendo pasar el tiempo entre el abandono y la desidia sin razón aparente ni intención alguna de restañar las heridas o las cicatrices con las que cualquier criatura avala el peso y la suma de su existencia.

– Y te confieso -continuó Manuel sin dar tiempo a réplica- que la sensación que me provoca es tan extraña y descorazonadora que, en ocasiones, tengo que luchar por no escapar en el acto o forzarme a venir, cuando estoy fuera, con el pretexto y la esperanza de ver algunos rincones o algunos rostros capaces de reconciliarme con la memoria, antes de que nos perdamos entre su maleza o nos niegue el auxilio necesario para continuar el camino.

– ¡Cuánta razón, Manuel! Al cien por cien contigo. Tanto que he decidido poner mi granito de arena y ayudar, hasta donde me sea posible, en la puesta en valor de los escasos edificios de que aún podemos enorgullecernos, ofreciéndome como guía desinteresado al servicio de los ciudadanos.

– Lo sé, Pedro, y también el enorme eco que está teniendo la iniciativa. Por eso te llamo, porque he sabido que hay una visita programada para el viernes a las 12 de la mañana al edificio del Pósito y me han informado de que no era posible ampliar el cupo de participantes por estar cerrado desde hacía tiempo. Acudo a ti, tras averiguar que eres el encargado y para saber si sería posible participar en ella.

– A ver, Manuel, el límite viene dado por la necesidad de controlar y facilitar tanto el recorrido como las explicaciones, pero comprenderás que si hay uno más o menos no va a contarlos nadie. Para mí será un placer tenerte allí y darte un abrazo.

– Pues nos vemos entonces. Muchísimas gracias, Pedro.

El primer objetivo estaba conseguido. Ahora sólo cabía esperar el momento de adentrarse en uno de los edificios más emblemáticos de la localidad y, posiblemente, el más infravalorado. Quizás por formar parte de la memoria reciente como una tienda más hasta hace apenas cuarenta años, quizás por ser de propiedad privada y permanecer cerrado desde entonces o quizás por el hecho de haber servido de templo en el que celebrar misa o de farmacia por gentileza de sus propietarios -ante las reformas de restauración en el interior de la iglesia parroquial o de establecimientos como el citado-, lo que habría trasladado a la ciudadanía la sensación de ser uno más de los muchos espacios comerciales cerrados en ese entorno, otrora nuclear en la población.

Pocas personas eran, por ello, conscientes de su valor histórico y de la necesidad de conservar uno de los que debieran ser reclamos permanentes para visitantes y propios con el uso que mejor se estimase, pues si algo lo caracterizaba era su polivalencia, acreditada desde que se construyó hasta el presente. Y eso a pesar de haber sido inscrito hace poco tiempo en el Catálogo General del Patrimonio Histórico Andaluz por la Junta de Andalucía al considerar sus estimables valores históricos, arquitectónicos, económicos y etnológicos, un aval más que sustantivo para su conservación.

Era difícil entender cómo una población del calado y la importancia de Huércal Overa, un puntal del levante almeriense, y cabecera en no pocos servicios y sectores, no asumía un papel más protagonista en la defensa del legado histórico y patrimonial que poseía, asistiendo entre el desánimo y el conformismo al deterioro, y hasta la ruina, de esos tres o cuatro baluartes capaces de representar la esencia de una población con unas claras señas de identidad que, de manera incomprensible, se perdían sin remedio ni atisbo alguno de movilización ciudadana con la que revertir la situación.

Manuel pensaba en ello y también en cómo había cambiado el paisaje urbano de su infancia, en cómo fue desplazándose la actividad comercial hacia nuevas zonas de expansión con el consiguiente éxodo de negocios, bancos y establecimientos varios, ayudados por el traslado de oficinas de servicios públicos, con la consiguiente decadencia de un centro histórico que asistía impotente al abandono en que determinadas decisiones, y la apatía general ante tales atropellos, lo iban a sumir, haciendo muy difícil, con el paso de los años, la recuperación de un espacio en coma en el que sólo la resistencia de una población, diversa y orgullosa, lograban insuflar algún aliento de esperanza para este enfermo cronificado y olvidado por la generalidad.

Todo esto seguía en su cabeza cuando cruzó, por fin, el umbral del Pósito y Pedro comenzó el recorrido ilustrando sobre su historia y los avatares por los que atravesó a lo largo del tiempo, la finalidad inicial, los usos, los propietarios y la clausura definitiva a principios de los años ochenta, aunque destacando la apertura puntual para atender alguna necesidad pública o privada durante breves periodos temporales.

Manuel atendía las explicaciones mientras recorría con la mirada aquellas partes aludidas y prendían los recuerdos, enardecidos por la minuciosidad descriptiva con la que Pedro se detenía en los detalles presentes en buena parte de los elementos arquitectónicos que jalonaban las escaleras laterales por las que se ascendía a los estantes elevados, al tiempo que encarecía su proporcionalidad en consonancia con la grandeza espacial, con la majestuosidad visual que confería al conjunto una percepción de totalidad inusual en este tipo de construcciones, pensadas inicialmente para fines muy diferentes a los que con el tiempo fue adquiriendo por estrictas razones de funcionalidad y adaptabilidad a la época que vieron sus muros.

Hizo especial énfasis en la altitud de las paredes y en la limpieza del amplio espacio central, roto sólo por los dos enormes pilares sustentadores de la cubierta del edificio y las zonas superiores abovedadas que infieren ese aspecto tan característico y esencial de ciertas edificaciones de finales del XVIII y principios del XIX, y que permiten etiquetar como neoclásico al conjunto, a pesar de las sucesivas reformas que se fueron haciendo adaptando su arquitectura a usos diversos y necesidades puntuales.

No hay que olvidar, recalcó, que su primera razón de ser fue la de almacenar grano -trigo, sobre todo- para soportar los momentos de hambruna y escasez, pasando por distintas manos hasta recaer en pública subasta en el comprador, cuyo nombre figura en el frontispicio externo del edificio y llegar a los actuales herederos, trazando, a continuación, un detallado panegírico cronológico, salpicado de chascarrillos y anécdotas con los que aderezar el relato, mientras avanzaba por uno de los laterales y señalaba al grupo la abundancia de estanterías bajo y sobre la pasarela que circundaba el conjunto y a la que se accedía por las escaleras sitas a derecha e izquierda. Tanto las estanterías como las escaleras atendían a propósitos de almacenaje más tardíos y aportaban, con la mezcla de hierro y madera, ese toque de mobiliario industrial de principios del s. XX tan característico y, por otro lado, tan actual.

Los asistentes avanzaban despacio y atentos a las palabras de Pedro, quien mezclaba descripciones técnicas y alusiones a personas e instituciones relacionadas de algún modo con la edificación, consiguiendo la máxima atención al establecer conexiones familiares o afectivas con buena parte de los participantes que se sorprendían al saberse protagonistas indirectos, e inesperados en algún caso y por puro azar genealógico, de un escenario tan familiar y, al tiempo, tan desconocido. La visita transcurría plácida y entretenida, progresando hacia su conclusión sin otra premisa reseñable que alguna que otra pregunta que, pese a lo manifestado con humor por Pedro, sí satisfizo la curiosidad de los intervinientes.

Sólo quedaba por examinar una pequeña dependencia situada a la entrada a la derecha, que cerraba el recorrido circular iniciado por el lado contrario y pondría punto final al encuentro. Un despacho, separado del resto de la edificación por unas cristaleras sobre base de madera de pino oscurecida por la actividad y por los años, concebido para la administración de la actividad comercial y que, como el propio local, conoció mutaciones diversas según el momento. El orador señaló que únicamente había un problema, ya que, al ser un espacio reducido, sólo podía entrar una parte del grupo para dar paso después a la otra; en ambos casos, acompañados por él mismo, tras lo cual entraron los más cercanos, momento en el que un grito desgarrador procedente del interior de la estancia atronó en la sala, congelando las conversaciones de quienes quedaron en el exterior y provocando el intento atropellado de algunos de ellos por entrar y averiguar la razón de semejante alarido.

La causante del lamento fue una joven a la que Manuel no conocía. La primera en entrar, detectar un olor fuerte y desagradable, y observar cómo una zapatilla y parte de la pernera de un pantalón vaquero asomaban por debajo de la mesa que, pegada al cristal separador, presidía la estancia, lo que hacía imposible descubrir ese cuerpo desde fuera. La reacción generalizada fue de estupor y asombro indisimulado. Un par de personas y el propio Pedro, solicitaron tranquilidad y que nadie tocase ni hiciese nada que pudiera alterar el escenario donde se hallaba el cadáver que, a simple vista, se encontraba en avanzado estado de descomposición. Lo extraño era la ausencia del hedor característico que hubiera delatado su presencia nada más entrar el grupo e iniciarse la ruta por el edificio. Quizás, el hermetismo de dicha dependencia había contenido la percepción de una atmósfera tan inconfundible en casos como éste.

Lo que vino a continuación fue cosa de locos. Todos tuvimos que permanecer allí hasta la llegada de la policía local y efectivos de la guardia civil, quienes se hicieron cargo del caso, tomando filiación del primero al último de los presentes y recordándonos que éramos testigos del hallazgo, por lo que, en caso de necesitarse nuestra colaboración, seríamos requeridos para declarar sobre lo que fuese menester. Lo siguiente fue sacarnos del edificio para llevar a cabo una primera inspección ocular del lugar mientras llegaba el juez de guardia y procedía al levantamiento del cuerpo, tras lo cual se precintó la entrada y comenzaron las pesquisas. Fue en ese instante cuando Pedro abordó a Manuel y, con cara de circunstancias, le lanzó:

– Manuel, estoy seguro de que, a pesar del estado que presentaba el hombre, habrás comprobado que no era vecino de aquí y nadie, y he hablado con casi todos los asistentes a la ruta, tiene la más mínima idea de quién puede ser. Sin embargo, a mí me ha recordado a alguien que estuvo en otra anterior hace más de tres meses, aunque no pueda asegurarlo. Sé que tú has escrito en más de una ocasión relatos policíacos y de misterio, y que has contado para ello con la ayuda de miembros de los cuerpos de seguridad que te han ilustrado sobre procedimientos, hábitos, conductas y patrones que se repiten con asiduidad, por lo que estás familiarizado con estas situaciones...

– ¿Qué quieres de mí, Pedro? -preguntó Manuel en voz baja y con una sonrisa.

– Sólo algo de ayuda en el caso de que sea necesaria. La comandancia de aquí no está acostumbrada a este tipo de escenarios y toda colaboración es poca para resolver este asunto cuanto antes y sin tener que echar mano, si es posible, de instancias superiores venidas de fuera. La persona al mando en este momento -buen amigo mío-, me ha pedido que te lo traslade, dándote las gracias por adelantado ¿Lo harás?

– Por supuesto, si puedo ser de ayuda, trasládale al mando en cuestión que estoy a su entera disposición.

–Así lo haré -dijo Pedro.

Y dándole la mano, se despidió indicándole que cuando supiera algo que mereciera la pena se lo trasladaría.

–Ten a mano el móvil, por favor.

–Descuida -respondió Manuel-, dando media vuelta y alejándose pensativo.

Nunca imaginó que lo que había comenzado como un ejercicio de nostalgia, una simple vuelta atrás en el tiempo y el regusto de averiguar cosas sobre ese edificio tan nuestro y tan extraño, se convirtiera en un episodio novelesco aderezado con todas las interrogantes clásicas del género policíaco. Jamás.

La vivienda de Manuel apenas distaba doscientos metros. Allí le esperaba su mujer, quien no mostró excesiva preocupación ante el retraso pues ya conocía la noticia, que se había extendido con rapidez por toda la población, por lo que supuso, sabedora de su presencia en el lugar, que tendría que pasar por una serie de trámites administrativos que postergarían la vuelta a casa. Pero lo primero que sí hizo fue demandarle información con la irónica cantinela de que «el saber no ocupa lugar» y nada hay mejor que saciar la sed de conocimientos para no ser pasto de la ignorancia.

Aquella tarde no tuvo noticias de nada más, excepción hecha del enorme revuelo que la aparición del cuerpo causó entre la vecindad y la noria de conjeturas de lo más variado que circulaban por doquier. Unas aludían a algún suceso pasional, otras identificaban al muerto con un anónimo narcotraficante de paso, y no pocos sostuvieron que con seguridad sería alguien que andaría a la búsqueda de alguna reliquia o pequeño tesoro oculto allí con motivo de la guerra civil. Éstas eran sólo una parte de las elucubraciones que entretenían a todo el mundo, cruzándose apuestas a la espera de saber, cuando ocurriera, la verdad de lo sucedido. Mañana sería otro día.

Cuando se levantó, lo primero que hizo Manuel fue dejar a su mujer en la cama y salir a andar un par de horas, una buena costumbre que practicaba, por prescripción médica y convencimiento personal, desde que se jubiló. Ello le permitió oxigenarse y pulsar, en cierto modo, el calado que los acontecimientos de ayer habían tenido en la población, al sentarse en una de las terrazas de la plaza de la Constitución, enclavada frente al Pósito, y certificar que no se hablaba de otra cosa en todas las mesas.

Pensó en cómo estaría la investigación, en si se sabría la identidad del fallecido y en otros interrogantes que rondaban por su cabeza, pero prefirió relajarse mientras almorzaba observando la imponente silueta de la iglesia parroquial de la Asunción, tan necesitada y desasistida de una restauración urgente, mientras unos por otros discutían a quién o quiénes correspondería y en qué porcentajes llevarla a efecto. Nada nuevo. Una piedra más en el zapato patrimonial y cultural de cada día. Así pues, mejor «mirar para otro lado» si no fuera porque se topaba con la visión del Casino o, más bien, con la lona serigrafiada que reproduce con fidelidad la fachada original, pero que, en realidad, esconde una estructura ruinosa apuntalada por un andamiaje metálico que sostiene a duras penas parte del edificio y los escombros que se amontonan en su interior. Miró al suelo. Llamó a la camarera, pagó y se marchó.

Tras el fin de semana, pareció que las aguas volvían a su cauce y disminuía el interés de la gente por lo acontecido, incluso Manuel presupuso que lo hablado el día de marras quedaría en nada y no se le necesitaba. Lo creía en serio y con alivio, pero está de más cantar victoria sin escuchar el sonido del silbato que indica el final del partido. La mañana transcurrió tranquila y sin sobresaltos, y después de comer se sentó un rato en el sillón con el ánimo de progresar en la lectura del libro que tenía entre manos. En ello estaba, cuando el móvil le vibró en el bolsillo del pantalón y supo quién era.

– Manuel, soy Pedro, siento la tardanza en llamarte, pero hasta ahora no disponía de información relevante. Verás -continuó-, la autopsia ha revelado que la causa de la muerte ha sido natural. Al parecer, el hombre padecía una cardiopatía isquémica, una enfermedad coronaria grave que, a pesar de los avances en el tratamiento y demás, suele tener consecuencias fatales para quien la padece, entre otras la posibilidad más que alta de sufrir un infarto de miocardio que, de no recibir ayuda inmediata, como parece que ha sido el caso, acabe produciendo la muerte.

– ¿Me confirmas, entonces -repuso Manuel-, que no se desprende del informe forense nada que indique violencia alguna sobre este hombre?

– Así es. No hay signo alguno ni ha aparecido nada que arroje indicio de otra cosa que la certificada en el informe. Lo que sí ha resultado sencillo ha sido la identificación, pues llevaba la cartera con el carné, un par de tarjetas de crédito y una pequeña cantidad de dinero, con lo que por ahí no ha habido problema. También un llavero con las llaves, supuestamente, de la casa, otra de un vehículo y una pequeña, vieja y oxidada, como aquéllas antiguas que abrían una cajita de caudales, separada del resto por una anilla aparte. Un llavero, por cierto, que tenía tan firmemente agarrado en el bolsillo derecho del pantalón que había dejado una marca en el dorso de la mano.

– ¿Nada más? -preguntó Manuel.

– Nada -respondió-. Bueno, sí. Se llamaba Ricardo Cuesta Ramírez, tenía 62 años y nació aquí, en Huércal Overa. Era nieto de Alfonso Ramírez, quien trabajó varios años como dependiente en el Pósito allá por los años sesenta. ¿Me sigues?

– Te sigo, Pedro.

– Bien, continúo. Este hombre, Alfonso, y su mujer, tenían una hija que quedó embarazada de un joven aparejador al que conoció un verano en Terreros. Ocurrió lo habitual entonces, boda y marcha a Madrid, de donde era y donde vivía el muchacho a quien no le gustaban ni mucho ni poco los suegros. Vamos, que la relación no era, precisamente, excelente. A pesar de ello, Alfonso y su mujer adoraban a ese niño, y durante seis o siete veranos se quedaron con él mientras los padres marchaban de vacaciones sin tener que «cargar» con la criatura. Si a ello se le suma que para el niño, Huércal era el paraíso, un oasis de libertad frente al enclaustramiento y la rigidez de la vida en la ciudad, pues imaginarás la felicidad que suponía ese tiempo con los abuelos.

– ¿Algo más, Pedro? ¿Saben el motivo de la visita, si vino en coche particular o transporte público, dónde se hospedó? ¿Hay ya respuestas a estas preguntas y a otras?

– Creo que la mayoría tienen respuesta clara, aunque los responsables de la investigación aún están cotejando datos e informaciones que necesitan contrastar -aseguró con un tono de voz concluyente-, pero mi impresión es que entienden que no hay «caso», que se trata de una muerte natural, de pura mala suerte, y que si queda por determinar algo serán esos flecos de los que hablas. En cuanto tenga más, te digo.

– Perfecto. Hablamos, Pedro. Gracias,

Cuando colgó, Manuel sintió que algo no cuadraba, que alguna pieza del «puzzle» no encajaba y merecía la pena esperar a ver si llegaba savia nueva, una clave que desentrañara la razón última -era un presentimiento- de este triste suceso que le tocó vivir en primera persona. Lo que durante los dos días siguientes, le hizo interrogarse sobre lo conocido hasta ese instante a la espera de más información... Aunque de todo ello si algo no lo dejaba dormir tranquilo era la presencia de esa llave diminuta en el llavero del fallecido. Seguramente habría una buena respuesta, pero...

Estaba a punto de llamar a Pedro, cuando le entró un mensaje suyo citándolo en una cafetería alejada del centro para desayunar e intercambiar impresiones. Aceptó al instante y se dirigió a ella expectante, deseoso de compartir sus dudas con alguien. Al llegar, se sentó en la amplia terraza del local y esperó, mientras saludaba a algunos conocidos que almorzaban en otras mesas cercanas. Unos minutos más tarde, su amigo tomaba asiento frente a él. Un fuerte apretón de manos, dos cafés, dos tostadas y dos copas de anís por los viejos tiempos.

– ¿Novedades, amigo y adjunto investigador? -preguntó irónico Manuel.

– ¿Qué? ¿Graciosillo esta mañana? -repuso, mirándolo con fijeza-. No, o sí, según se mire. Los cabos sueltos ya tienen respuesta y estiman que la cosa no tiene más recorrido y responde a fatal casualidad, pudiendo hacer una cronología muy aproximada de lo acontecido con el pobre hombre. Se ha contactado con su mujer y la única hija de la pareja para intentar resolver las dudas planteadas y recoger los restos del fallecido. Ambas viven en Madrid. Pues bien, según dictan los informes emitidos, hace unos tres meses denunciaron la desaparición de Ricardo tras una fuerte discusión del matrimonio.

El camarero trajo el pedido, lo que obligó a Pedro a hacer un alto.

– Las cosas no iban bien entre ellos -afirmó, mientras decidía por dónde empezar-. Él padecía una depresión galopante. Y por cierto, tanto para ésta como para su cardiopatía tomaba una medicación de la que no se encontró rastro alguno. Desde ese momento, la familia contactó con personas e instituciones, puso carteles, pidió ayuda a través de medios de comunicación. Lo normal. Pero nada de nada. Reconocieron, de hecho, temerse lo peor al pasar el tiempo y no tener noticias, y también que jamás imaginaron que su destino pudiese ser éste, a pesar de que en no pocas ocasiones lo nombrase, aludiendo a su infancia con un toque nostálgico en la mirada que no pasaba desapercibido para nadie. Así que todo aboca a un carpetazo rápido en el juzgado.

El silencio cedió protagonismo a la ingesta del desayuno, estableciendo un paréntesis momentáneo tras el que los dos contertulios reanudaron el diálogo. Manuel tenía algo en mente y necesitaba trasladárselo a Pedro.

– Pedro, ¿sería posible hacer una visita al Pósito? Tú y yo. Sin nadie más. Necesito confirmar una sospecha que me ronda desde que me comentaste lo de la llave diminuta que llevaba el tal Ricardo en el llavero.

– Sin problemas. Ya se levantó el precinto sobre el edificio, con lo que no hay pegas en ese sentido. Y yo sigo teniendo la llave. Así que, si quieres, vamos esta misma tarde. Por cierto -prosiguió-, y antes de que me repreguntes, el pobre hombre llegó a Huércal la misma mañana de la visita guiada. Lo hizo en autobús, desde Madrid, sin equipaje, con lo puesto y sin reserva en pensión u hotel ninguno. Por eso, la invisibilidad para todos, familia y encargados de la investigación. Sí sabía, seguro, del recorrido cultural porque se ha comprobado que seguía toda la información sobre Huércal en redes, en especial «huercaloveraface», la página de Ginés que todo el mundo lee, por lo que se sumaría y haría lo que tú, mezclarse con los participantes aprovechando la falta de control en el acceso. Y no sólo eso. Con la visita casi concluida, hubo un receso en el que el grupo se dispersó y, con seguridad, sería el momento en que este hombre entró al despacho y sufrió el infarto. La muerte debió ser fulminante y nadie se percató de ello. Así que se avisó a todos de la conclusión de la misma, se cerró y punto.

– Estupendo, Pedro. Nos vemos, pues, esta tarde. A las seis.

A la hora convenida, ambos atravesaban de nuevo la misma puerta que unos días antes sin imaginar en qué acabaría lo que debía ser una celebración y terminó... Una vez dentro, Manuel miró alrededor e inspeccionó el recinto con rapidez para dirigirse a continuación al despacho donde se encontró el cuerpo. Pedro callaba mientras Manuel movía todo el mobiliario de la oficina: mesa, sillas, armarios, estanterías.

Tras desplazar cada pieza, escrutaba el suelo y las paredes ocultas bajo o detrás de las mismas, con una minuciosidad que sorprendió a su colega, quien no daba crédito a lo que veía y mucho menos cuando después de correr una cajonera, Manuel sacó una pequeña navaja suiza y repasó con la hoja de la misma las juntas de uno de los azulejos que parecía estar más encajado que unido a los otros, por lo que salió con facilidad, dejando al descubierto algo presente en su interior. Manuel alargó la mano y extrajo una pequeña hucha metálica carcomida por el óxido y cubierta de polvo y telarañas. La cara de Pedro iba más allá del asombro. Miraba a su compañero e intentaba hablar, pero imposible. Fue necesario que Manuel se dirigiera a él y le explicara cómo y por qué había concluido que algo así pudiera encontrarse allí.

– Pedro, cuando me aportaste toda la información acerca de Ricardo, de su abuelo, su relación con el Pósito, las circunstancias familiares, sus problemas de salud y, sobre todo, la posesión de esa llave en su bolsillo a la que se aferraba como si le fuera la vida en ello, junto a la visita guiada y su desaparición del grupo, de la que no se percató nadie, o la aparición del cuerpo en el despacho, tuve la corazonada de que había una razón capaz de explicar muchas cosas y se nos estaba escapando alguna esencial.

Pedro no respiraba, se limitaba a escuchar sin más.

–Así -continuó Manuel-, después de tener todos los datos y los informes pertinentes que me pasaste, llegué a considerar que para Ricardo, en la enajenación a la que le condujo su depresión, la elección de Huércal-Overa como destino y la visita guiada al Pósito fuera la única terapia posible ante una situación que él sabía límite. Y no sólo eso, sino que viniese a buscar algo más, algo que pudiera haber guardado siendo un niño, cuando pasaba largos ratos entretenido en la inmensidad llena de recovecos y escondrijos, de objetos y mercancías, de esa enorme tienda donde el tránsito de tantas personas lo hacían invisible y feliz. Estaba claro que podía querer recuperar algo -esa hucha- y también que tendrás que llamar a ese alguien de la investigación, a quien conoces, para dar cuenta del hallazgo y que procedan a su apertura. Yo podría abrirla. Manejo bien una ganzúa que guardo en el bolsillo, por si acaso, y hasta apostaría por el tesoro que contiene, pero estaríamos cometiendo una irregularidad grave y ocultando información fundamental, quizás, para cerrar este penoso asunto.

Pedro se separó de donde nos encontrábamos, sacó el móvil, hizo la llamada de rigor y a los pocos minutos un par de guardias civiles vinieron a hacerse cargo del objeto, dando por hecho que el descubrimiento del mismo fue casual y fruto de la preparación que éste realizaba para posteriores visitas culturales. Los dos guardamos silencio sobre todo lo demás y nos despedimos sin otra cosa que una mirada delatora, la que guardaba la promesa de saber cuanto antes qué escondía la hucha en su interior.

Con todo, hubo que esperar dos días para «tasar» las joyas que contenía: tres canicas de barro y dos de cristal, un trompo agrietado, un tirachinas de madera de olivo, un tejo de metal, una caja de cerillas y unos cromos sueltos del coleccionable *Vida y Color*. Se supo que algunos de los agentes presentes en la apertura de la hucha creían que habría alguna alhaja, dinero u oro que alguien hubiese ocultado allí, por lo que era fácil adivinar la enorme decepción dibujada en sus rostros al introducir el pequeño llavín que llevaba Ricardo y certificar la apertura con él. También, que no entenderían gran cosa al levantar acta de lo hallado para agregarlo a la investigación realizada.

Pero lo que sí sabrían si hubieran leído despacio los datos -así se lo dijo Manuel a Pedro más tarde- y lo que habrían entendido es que Ricardo estaba allí, en ese espacio y hora, porque sabía que la vida se le escapaba y necesitaba volver al único lugar en que fue dichoso, a aquél que constituyó su edén particular, el jardín de infancia más amplio y acogedor que pueda imaginarse, el laberinto en que perderse y jugar a ser él mismo, y con otros como él, en la calle, armado con esa batería inagotable de herramientas guardadas allí mismo y prestas para hacerle sentir el viento de levante sobre su rostro, mientras apostaba a todo o nada por la vida y, perdiese o no, siempre emergía ganador.

En realidad, Ricardo Cuesta nunca salió de allí. Entre aquellas calles y aquellas paredes quedaron los sueños e ilusiones que nunca más volvió a sentir, por lo que cuando se supo cerca del fin, fue en busca de sus recuerdos, de su infancia. El último viaje antes de quedar varado en la arena dorada de aquella playa soñada, en aquella jaima formada con cientos y cientos de telas, junto a su tesoro más preciado. Allí, sobre las dulces y cálidas baldosas de aquel silo inocente. En Playa Paraíso. Feliz.

MARÍA DE ALBANCHEZ

ANA MARÍA ROMERO YEBRA

Hacía frío en Albanchez aquel día de enero de 1936 en el que María se marchaba a Barcelona a buscar trabajo. Iba con la ilusión de sus veinte años y la alegría del reencuentro con su hermano Guillermo que vivía allí desde tiempo atrás.

Era una muchacha con una inteligencia poco común y una buena preparación escolar pues había hecho sus estudios primarios en la Escuela que el Ayuntamiento republicano había instalado en su pueblo natal. Tenía, además, una extraordinaria afición a la lectura, lo que le había proporcionado las claves para llegar a una cultura aprehendida e identitaria que formaba parte de su mentalidad y era común en mujeres instruidas en los años de la República que vivieron su infancia y adolescencia equiparadas en respeto y consideración con los varones.

Su decisión de marcharse del pueblo estaba ya tomada desde hacía tiempo y su padre, un hombre de espíritu aventurero, al que encantaban los viajes y creía en la libre elección y la libertad de expresión, la había apoyado en su proyecto, lo mismo que a su hermana Carmen. No había necesidad de que se fueran, pues eran una familia rural pero acomodada y vivían holgadamente de sus tierras, sin embargo, su espíritu de librepensador y amante de la cultura le hacía pensar que era lo mejor para ellas.

Mientras se vestía no pudo evitar un pensamiento de tristeza, de nostalgia, por lo que iba a dejar atrás: su pueblo, sus padres, sus hermanos más pequeños, sus amigas, los paseos hasta el acueducto, los ratos de charla mientras lavaba la ropa con otras muchachas, en la fuente de los Cuatro Caños, la plaza donde se reunía la mocedad albanchelera en torno a la iglesia y donde su padre, gran lector de periódicos, comentaba a otros vecinos del pueblos las noticias que venían en sus páginas y las discutían...

Rápidamente desechó aquellos pensamientos porquc cstaba segura de que, aunque estuviera lejos, volvería en verano para las fiestas y de nuevo iba a reencontrarse con los que tanto quería y a contemplar aquel paisaje de la Sierra de los Filabres, con los olivos, las viñas y las tierras de cereales.

En la cocina estaba su madre, sentada en una silla con los ojos enrojecidos.

– No llore madre... En Barcelona con Guille estaré muy bien. No me lo haga más difícil... Y padre... ¿Dónde está?

– Se ha ido muy pronto al bancal. Tenía algo importante que hacer hoy en el campo... Ya sabes que se está recogiendo la aceituna...

Supo que era una excusa para no tener que despedirse de ella. Era un hombre rudo y poco dado a las demostraciones afectivas pero la quería, y su decisión de marcharse, que compartió y respaldó sin dudarlo, le hizo volverse todavía más serio y más reconcentrado en las últimas semanas.

Abrazó a su madre y salió de casa con la pena de no haber podido despedirse de él. Entonces ignoraba que nunca volvería a ver a ninguno de los dos.

Guillermo la acogió cariñosamente en su casa y pronto se sintió feliz con él, su mujer, los dos niños pequeños que tenían y con el trabajo pues su hermano consiguió que entrara en una fábrica de hilaturas y le gustaba estar allí.

Los meses iban transcurriendo tranquilos hasta que estalló la Guerra Civil. Entonces cerraron la fábrica de hilaturas y todos los trabajadores pasaron a otra donde se hacía material de guerra: una fábrica de municiones republicana que casi diariamente bombardeaban las fuerzas italianas aliadas con Franco. Allí maduraron sus ideas políticas con la formación de la conciencia cívica que le ofrecieron los nuevos espacios de sociabilidad en la fábrica de armas, donde era respetada por los hombres porque hacía bien su trabajo. Tenía fuerza y empuje para manejar, con otras mujeres trabajadoras, el cuerpo cilíndrico de las bombas y se identificaba con las ideas y las reivindicaciones de sus compañeros.

Fueron más de dos años con el temor diario de perder la vida, escuchando las sirenas que anunciaban los bombardeos y con la angustia de las carreras cotidianas a los refugios. En ese tiempo de guerra sintió el dolor por la muerte de su hermano Guillermo, afiliado al bando republicano, pero también el amor. Conoció a Teófilo Sáez, un guardia de asalto que había nacido en Toledo y se hicieron novios.

Estuvo de voluntaria también, siempre que disponía de tiempo libre, en un hospital administrado por el Socorro Rojo Internacional prestando ayuda a enfermos y enfermeros y aprendiendo las bases para la atención de emergencia a los heridos. A pesar de la terrible situación, se sentía feliz de prestarles su ayuda pues desde niña había querido ser enfermera.

Barcelona cayó el 26 de enero de 1939 y tres años después de haber salido de Albanchez, tuvo que emprender otro exilio con unas compañeras de trabajo.

– Todas sabemos que las que hemos colaborado en las instituciones republicanas y simpatizamos con el socialismo vamos a tener un futuro muy negro en España, María. Hay que marcharse y queremos que vengas con nosotras tú también -le dijeron sus amigas.

– Pero... ¿Dónde vamos a ir?

– De momento en dirección a Girona. Tenemos que llegar a Francia donde podrán acogernos. No vamos a llevar casi nada; es un viaje largo y no podemos ir cargadas... El dinero que tengas y algo de ropa...

Así es como María, con un pequeño grupo de amigas y compañeros, salió de la ciudad y formó parte de esa primera oleada de 50.000 andaluces republicanos y del medio millón de españoles que emprendieron la huida hacia la frontera francesa.

Dos jerseys, una falda, tres mudas y un vestido grueso en una bolsa al hombro llevaba María cuando sale de su casa. El largo trayecto era un recorrido de miedo y de dolor. Los aviones bombardean las carreteras y muchos de los que huyen ven a sus seres queridos acribillados. Era difícil seguir adelante con el sonido de las explosiones todo el tiempo y viendo caer alrededor a las personas abatidas. Ancianos, jóvenes y también niños que ni siquiera podían enterrarse y quedaban a abandonados en las cunetas. Dormir por la noche, al raso y con tanto frío, era también imposible.

Un pequeño trozo de metralla se le incrustó a María en un ojo. Sus compañeras la animaban:

– Cuando lleguemos a Girona iremos a un oculista. El sabrá lo que tiene que hacer y te lo quitará.

Pero no resultó fácil encontrar uno en medio de aquel caos. Sin embargo, pudieron comer y alimentarse mejor que a lo largo del camino que tenían andado y dormir a cubierto en el edificio que había sido una fábrica de corcho en la que descansaron y se refugiaban por las noches. Tras varios días en Girona dieron por fin con un oculista, ya muy mayor, que se prestó a ayudarla. Era un buen hombre que rechazó el dinero y la abrazó deseándole suerte en el camino hasta Francia.

Resuelto el problema de María, emprendieron de nuevo la huida. Cuando llegaron a Puigcerdá las calles eran un lodazal de nieve sucia y la población estaba atestada de personas que deambulaban buscando algo que comer y un lugar donde resguardarse del frío. El éxodo de los españoles parecía continuar indefinidamente y siguieron marchando a lo largo del día y, a veces también, de la noche, con las estrellas brillando en lo alto y la helada entumeciendo el cuerpo.

María a sus compañeras se animan entre ellas...

– Nada, no debemos preocuparnos... Todo esto es temporal... Ahora estamos huyendo pero pronto podremos volver a nuestras casas.

– Me gustaría estar tan segura como tú…

A pesar de la fuerza de su juventud, tenían la moral muy baja entre tantas dificultades. Pero Puigcerdá propició el reencuentro allí con sus amigas María Gil y Angelita, también exiliadas, y eso la animó... Habían prometido que no se separarían nunca... pero Angelita encontró unos familiares y se fue con ellos.

Y de repente... Una nueva alegría:

– ¡María!

– ¡Teófilo!

Milagrosamente se produjo el encuentro de los novios que hacía meses que no se veían. Eso les llenó de felicidad en medio de tantas penalidades. María Gil y ella siguieron adelante con sus parejas y dos días después llegaron juntos a la frontera.

Antes de entrar en Francia, algunos de los desplazados recogían un puñadito de tierra española y la guardan en sus bolsillos. María los imita y cuando los gendarmes registran a todos buscando armas, ese pellizco de tierra sigue en su abrigo marrón. Los gendarmes requisan también objetos de valor y los pocos que pueden ocultar los exiliados los venden en Francia a precios irrisorios en un improvisado mercadillo. Anillos, alianzas, relojes, medallas, pulseras y plumas estilográficas pasan a manos de comerciantes franceses o sirven para congraciarse con los gendarmes que, voceando: *¡Allez!, ¡Allez!,* les obligan a marchar, con empujones y gritos, durante varias horas hasta llegar a la playa de Argelès-sur-Mer, donde hay un gran cercado con alambradas. Y allí los dejaron.

Muchos de los exiliados lloraban, otros maldecían porque a nadie se le había pasado por la cabeza el trato infame que les tenían preparados los franceses.

En el campo la humedad y el frío eran terribles y con el viento de tramontana no se podía ni caminar. Tenían que agarrarse varias personas para poder estar de pie y que su fuerza no los derribara. Acercarse a las alambradas estaba prohibido por los gendarmes. Senegaleses y moros a caballo que también custodiaban el campo, disuadían a los que se aproximaban a ellas coceándoles con los animales o manejando el látigo.

No había barracones, ni letrinas, ni enfermería. Sólo alambradas de púas, soldados a caballo, arena, frío, hambre, sed... y más adelante, además, las chinches y los piojos... Eran unas tierras encharcadas de barro y porquería, donde llevaban a las parturientas a dar a luz en los establos que había para los caballos. El agua llegaba en camiones pero no había en qué beberla y era necesario rebuscar entre las basuras amontonadas algún recipiente vacío, lata o bote donde poder almacenarla.

Entre los exiliados había médicos pero no tenían medicinas con las que atajar las infecciones o la gran cantidad de parásitos, y los enfermos morían.

– No debemos quejarnos, Teófilo. Por lo menos estamos juntos. A muchas parejas las han separado llevando a cada uno a campos distintos...

Pero los días iban pasando tristes, largos, monótonos... Era algo terrible e interminable. Y el hambre espantosa. Cuando repartían algo era pan duro y bacalao salado.

– ¿Sabes lo que pasó ayer, Teófilo? ¿No te has enterado? ¡Qué horror! Me han dicho que una mujer que parió aquí hace unos días, viendo que su bebé se debilitaba poco a poco y sin tener ella leche para darle de mamar, lo ha llevado a la orilla y lo ha sumergido en el agua con sus propias manos hasta ahogarlo, para no prolongar más su agonía. ¡Pobrecito! ¡No me puedo creer que haya sido capaz de matar a su propio hijo!

– Los niños se mueren de frío y de hambre, María... Es inútil que algunas madres los entierren en la arena para darles calor; no sirve de nada y debe ser terrible verlos sufrir. La desesperación lleva a esas situaciones...

Tras un año entero en Argelès, Teófilo y María son trasladados al campo de Sant Cebrià. María está embarazada, se habían casado y ese campo era para matrimonios. También estaba en la playa y las instalaciones eran mejores: hay barracas con techo de uralita donde cobijarse del viento y de la lluvia. También disponen de letrinas y regaderas para ducharse por separado hombres y mujeres con agua helada.

La dieta que les dan, aunque pobre, no es tan escasa como en Argelès pero aquel caldo de lentejas con piedras sigue siendo insuficiente para una mujer que espera un hijo.

A veces llegaba leche y galletas para los niños pero se las quedaban los gendarmes. En algunas ocasiones, también la gente del pueblo que conocía la situación de las personas del campo, les llevaba un trozo de jabón, ropa de abrigo o algo de comida a escondidas de los gendarmes que se lo hubieran quitado. Sentían lástima por ellos porque sabían que todos aquellos hombres y mujeres que estaban allí pasando tantas penalidades, jamás podrían volver a su patria, a España, porque serían fusilados.

– Ya verás María como este hijo nos traerá suerte -la animaba Teófilo-. Aquí no estamos tan mal. Piensa que si siguiéramos en Argelès el niño no tendría posibilidades de sobrevivir...

– No lo sé, Teófilo... Pero nunca podremos volver con los nuestros... Las cartas que he recibido de mis padres y hermanos siempre me advierten que no se nos ocurra regresar a España. Y la última de Carmen me dice que Juan está preso en Cartagena por luchar al lado de la República y me habla del saqueo económico de nuestra familia en Albanchez, tras ser denunciada por el cura del municipio al inicio del régimen franquista ya que se identificaba a todos los miembros de la familia con las ideas republicanas... Mis padres no me lo habían comunicado, sólo la detención de Juan... Ahora sé por mi hermana que está condenado a muerte... Espero que revisen su sentencia... Es terrible que a las personas les quiten la vida por sus ideales, por su tendencia política, sin haber hecho daño a nadie...

Unos días después los gendarmes se llevan a Teófilo a otro campo, alegando que había una denuncia de que era comunista. Con él se van también otros exiliados y María no sabe dónde está. Intenta conservar el ánimo pero el faltan las fuerzas y se siente sola.

En el sexto mes de embarazo la muchacha ya no se tenía en pie. Estaba en los huesos y miraba su vientre poco abultado con un gran dolor pidiendo que el bebé no muriese a causa del hambre, la sed y el frío que estaban pasando.

Un mes después una joven apareció por el campo y se dirigió a ella. A María le pareció que era más o menos de su edad, pero con mucho mejor aspecto.

– ¿Eres María García Torrecillas?

– Si -contestó María en un susurro, casi sin fuerzas para hablar.

– ¿De cuánto tiempo estás María?

– De siete meses...

– Mira... Me llamo Elisabeth Eidenbenz y soy maestra y enfermera. He nacido en Suiza, en Wila, un pueblecito del cantón alemán de Zurich pero he estado los últimos años en España con la Asociación Suiza para niños en guerra. Teníamos el cuartel general en Burjasot y allí aprendí vuestra lengua... Y tú ¿de dónde eres?

– Yo también soy de un pueblo pequeño de Almería que se llama Albanchez. Vivía en Barcelona y salimos de allí en el invierno del 39, cuando las tropas nacionales tomaron la ciudad...

– Pues yo dejé Suiza en el 37 para trabajar como voluntaria en la Guerra Civil española. Vine como enfermera de la Swiss Aid Association con la idea de auxiliar a los niños. Luego me desplacé a Francia con los republicanos que huían para ayudarles también. Rescato de los campos de concentración de Argelès-sur-Mer, Rivesaltes y Sant Cebrià de Roselló a las embarazadas como tú, que van a dar a luz sin ayuda y en lamentables condiciones, para evitar que ellas y los niños mueran. Voy a llevarte conmigo a Elna. Allí tenemos un refugio, una maternidad, en un edificio abandonado que me ayudaron a arreglar los soldados. Recibimos donaciones de la Cruz Roja y de algunos estados europeos para mantenerlo. Hay seis enfermeras que nos envía Suiza, una partera y la Directora del Centro. No puedes continuar aquí en estas condiciones y en Elna podrás dar a luz con ayuda, con cuidados tras el parto y reposar algunas semanas.

La sorpresa de María fue enorme. Desde que salió de España era la primera vez que alguien trataba de ayudarla y precisamente cuando más lo necesitaba por la situación que tenía. Se atrevió entonces a mirar directamente a los ojos a Elizabeth y le parecieron limpios y sinceros, llenos de piedad y de cariño hacia ella sin apenas conocerla.

– Gracias, gracias -murmuró.

La maternidad de Elna le pareció a María un gran edificio. Había un huerto y mucha vegetación alrededor aunque el jardín estaba descuidado. Le asombró su aspecto imponente con los tres pisos que tenía, el amplio comedor y otras dependencias de la planta baja. Así se lo comentó a Elizabeth.

– Parece un palacio -se atrevió a decir.

– Es que era, efectivamente, un pequeño palacio -le explicó-. El palacete de Bardou que fue construido en 1900... Se compró con 30.000 francos que dio la Central Suiza y se rehabilitó lo indispensable para esto, aunque queda mucho por hacer. Los alimentos se reciben de la Cruz Roja Internacional como te dije y de otras organizaciones humanitarias que nos dan también el material sanitario que necesitamos. Aparte nos llegan donaciones particulares de personas que confían en nosotros, en nosotras mejor dicho, porque todas somos mujeres. La Escuela de Enfermería Suiza nos manda tres profesionales cada mes, todas muy competentes. Aquí tu hijo nacerá en buenas condiciones. Fue necesario que se hiciera algo así ya que la mortalidad de los bebés que nacen en los campos es de un noventa por cien... Pero quítate ya esos harapos y después te bañas. He dicho que te traigan una par de toallas y ropa nueva... me parece que más o menos tenemos la misma talla... El agua está caliente y hay esponjas, jabón y colonia en ese cuarto de baño. Te vendrá de maravilla estar un buen rato en el agua y sentirte limpia.

María se quitó la falda y el jersey. No se atrevía a quedar completamente desnuda ante los ojos de Elizabeth y se quedó mirando al suelo donde había quedado su ropa vieja y mugrienta.

– ¡Qué horror! ¡Estás muy delgada! ¡Mucho más de lo que me parecía... Anda, sube a la báscula... Voy a pesarte... ¡Cuartenta y cinco kilos! ¡Qué espanto! Yo creo que estás en peores condiciones que las últimas que hemos traído... Cuando hayas acabado, vas al comedor y te llevarán algo de comida... ¡Y a partir de ahora ya puedes comer cuanto desees! Ese niño tiene que salir adelante... Piensa en él. ¡Ah! Y que me avisen cuando hayas terminado que quiero enseñarte el resto de la casa. Tenemos alrededor de 50 mujeres repartidas en varias habitaciones de entre cuatro y ocho camas cada una pero, de momento, te vamos a instalar en un pabellón para el personal, donde estoy yo... Allí tendrás una buena cama con sábanas limpias, un lavabo, agua corriente... y te daremos los cuidados y la buena alimentación que necesites para recuperarte y coger fuerzas...

El agua caliente y el jabón consiguieron que María sonriera dentro del baño y pudiera sentir una sensación de felicidad y de bienestar que ya había olvidado con tantas penalidades. La muda nueva y una ropa sencilla pero confortable completaron aquel rato de gozo. Todo era de su talla como había adivinado Elisabeth aunque le estaba un poco holgada por la delgadez extrema que tenía.

Después fue al comedor que estaba vacío porque había pasado la hora de la comida pero sobre la mesa había una bandeja con un tazón de leche, una rebanada de pan, mermelada y unos trozos de queso. Un auténtico banquete solo para ella.

Elizabeth Eidenbenz entró sonriendo.

– Así me gusta; veo que lo has terminado todo. No era demasiado pero con el estómago acostumbrado a estar vacío, no conviene sobrecargarlo de golpe. Después, para cenar hay arroz con un huevo y naranja de postre. No son demasiado dulces pero tienen las vitaminas que os hacen falta... Pero ahora, mira lo que te traigo: un regalito, un «petit cadeau» que dicen los franceses... Y le tendió algo que llevaba entre los dedos.

El rojo de la pequeña envoltura brillaba en la mano de María cuando la cogió.

– ¿Chocolate? -preguntó incrédula.

– Si. Chocolate suizo. Lo mejor para levantar el ánimo...

María dudaba si desenvolver o no aquella delicia que se le ofrecía o guardarla para mejor ocasión.

– Nos lo comeremos juntas -dijo Elizabeth sacando otra chocolatina de uno de sus bolsillos-. Soy totalmente adicta.

María sonrió mientras aquel sabor que había olvidado le llenaba de dulzura la boca y también el alma.

– ¡Qué rico! ¡Ay, muchas gracias! ¡Muchas gracias!

– ¿Te animas para ir a ver las habitaciones?

– Lo intentaré. Hace años que no subo escaleras. Espero que no se me haya olvidado y tener fuerza suficiente...

– Vamos entonces. Te puedes apoyar en mi brazo, cogiéndote así y con el otro agarrarte a la barandilla.

Los dormitorios, con varias camas cada uno, eran modestos pero estaban limpios y ordenados. En la entrada de cada uno María observó los nombres de distintos lugares: Barcelona, Bilbao, Madrid, Suiza, Polonia, París...

– Los hemos bautizado con nombres de ciudades, casi todas españolas. Decidí que fuera esta manera de identificarlos para nosotras y también para las mujeres acogidas. La mayoría sois de España, aunque hay de otros países... Es un buen sitio para aprender idiomas. Mira... en la habitación Madrid tenemos a los pequeños... Aquí estará el tuyo cuando nazca.

María entró con Elizabeth y vio las cunas de mimbre donde los recién nacidos dormían plácidamente, bien abrigados y entre sábanas limpias. Recordó el horror de tantos niños muertos que había presenciado en los campos y se sintió feliz y reconfortada sabiendo que su hijo iba a tener mucha más suerte.

El paritorio era una pequeña habitación pintada de un blanco radiante, con una cama, lavabo, una silla y un armario para guardar el instrumental y los utensilios que iba a necesitar la comadrona.

– Aquí, en este cuartito, nacerá tu hijo dentro de dos meses, María. En esta semana únicamente hemos tenido un parto pero el mes pasado me parece que fueron dieciocho o veinte... Bueno... Ahora vamos a ver la despensa. Hemos recibido hace poco alimentos y da gusto verla tan llena.

La despensa era en realidad un reducido almacén. Había estantes colmados de latas y de paquetes pero quedaba espacio en el suelo y en la pared para poner mucho más. En uno de los rincones había patatas, cebollas y un cajón con naranjas.

– Serán las del postre de esta noche -pensó María.

– Todo esto nos llega de la Cruz Roja Internacional -dijo Elizabeth señalando las repletas estanterías-. Hay leche condensada y en polvo, queso, conservas, harina, azúcar, arroz y chocolate, mucho chocolate que da energía. Además nos mandan también biberones y medicinas. Los alimentos frescos son más difíciles de conseguir, pero del pueblo y de otros cercanos nos suministran las frutas y verduras que hay de temporada; en el huerto no hay suficientes y nos faltan, sobre todo en los meses más fríos. Y también llega de algo de carne de Saint André, de vez en cuando conseguimos pescado de la costa... y los huevos de tarde en tarde. A veces vienen aldeanas que han andado varios kilómetros para llegar hasta aquí con un pan, una cesta de nabos, unas zanahorias o unas rosquillas o algún bollo que han hecho... Y eso me emociona porque es reconocer la ayuda que se les presta a las mujeres en Elna. Te ofrecen lo poco que tienen sin decir nada; no se atreven. A veces lo dejan incluso en la puerta; no entran siquiera pero si estoy por allí y las veo, salgo corriendo a abrazarlas diciendo: *¡Merci, merci, merci mille fois, madame! ¡Merci beaucoup!*

A María le encantó estar allí en Elna, lejos de la arena, del hambre y del frío. Era como un inesperado paraíso donde tenía todo lo necesario para librarse de la pesadilla anterior. La comida era buena y en abundancia. Además, Elizabeth parecía haberle cogido un gran cariño.

Pronto se integró con las mujeres y no sólo entre las españolas que era el grupo mayoritario. Todas ellas tenían necesidad de apoyarse en las otras, de sentir aquella paz, de vivir una protección continua… Se reunían para hablar, para contar sus infortunios de guerra, las historias de su huída, de las pérdidas de sus familiares, en las que todas participaban sin diferencias sociales ni de lenguas, sintiéndose amigas unas de otras, unidas por el abandono, el dolor y las desgracias que habían soportado y celebrando el camino a la esperanza de una vida mejor, aunque fuera por el poco tiempo que les ofrecía la estancia en Elna. Era como vivir en una isla de paz en medio de lo que había supuesto el exilio, la segregación familiar, la penuria de los campos de refugiados y la experiencia de otra nueva guerra, pues para entonces había estallado la Segunda Guerra Mundial y la invasión nazi-alemana había hecho caer al gobierno francés, que fue reemplazado por el gobierno de Vichy. Pero Elna parecía un mundo aparte.

La buena alimentación y las atenciones recibidas en los dos últimos meses hicieron que el 24 de marzo de 1940 María diera a luz sin problemas a su hijo Felipe, un niño sano y grandote.

A las cinco semanas estaba estipulado que María tenía que volver al campo de concentración de Sant Cebrià pero en Elna había sido muy útil. Trabajaba en la sala de recién nacidos, ayudando a otras madres y colaborando en la limpieza y en la cocina.

Elizabeth Eidenbenz, como responsable del Centro, habló con ella y le propuso quedarse allí con su hijo y seguir trabajando en lo que pudiera porque veía su buena disposición.

– ¡Gracias! ¡Gracias Elizabeth! ¡Acepto encantada! Me daba pánico regresar al campo con el niño... Nunca podré agradecértelo bastante... ¡Soy muy feliz! ¡Ya solo me falta ver a Teófilo!

Pero Teófilo no ha podido visitarla. Está en un campo disciplinario de donde no le dejaron salir ni siquiera para conocer a su hijo recién nacido.

La señorita Eidenbenz, en su afán de ayudarla, realizó varias gestiones y, tras ellas, Teófilo salió del campo. Pudo conseguirle también un visado para partir a Méjico y buscar un lugar en el que establecerse.

Y María siguió en Elna criando a su hijo Felipe y ejerció también de nodriza para los niños a los que sus madres, demasiado débiles, no podían amamantar. Para ella, estar allí eran todo ventajas. Aparte de tener cubiertas todas sus necesidades materiales y las de su niño, con su trabajo como voluntaria aprendía otros idiomas, tenía mejor acceso al correo que le enviaba su familia desde España y, sobre todo, desarrollando su vocación de enfermera, lo que siempre había querido ser. Trabajando en el paritorio, ayudó a dar a luz a españolas, noruegas, alemanas, polacas y judías que huían de la persecución de los nazis. Descubrió allí su pasión vocacional por salvar vidas y dar cariño a quien lo necesitaba, no sólo con las mujeres que acababan de parir, sino también con sus bebés recién nacidos. Era además la mano derecha de Elizabeth.

-No hace falta que madrugues tanto María... Hay otras que pueden hacerlo... -le decía.

Pero a las 6 de la mañana María estaba entre las cunas, preparando los pañales y los biberones de los críos que lo necesitaban porque a las 7 las mamás daban a los niños de comer...

Habían pasado varios meses ya. Aquella mañana Elizabeth Eidenbenz tenía una sonrisa radiante.

– Esta tarde tenemos una sorpresa, María... -le dijo en tono confidencial.

– ¿Una sorpresa?... ¿Buena o mala?

– ¡Maravillosa! ¡Una maravillosa sorpresa! ¿Te gusta la música? ¿Has oído hablar de Pau Casals?

– No sé... me suena...¡Ah, si! En Barcelona escuché su nombre... Es un músico catalán, ¿no?

– Sí. Nació en el Vendrell, en Tarragona, y es un genio. Un auténtico genio. Sus composiciones musicales son increíbles pero como persona vale todavía más. Es un hombre íntegro, con una gran personalidad, defensor de la democracia, la justicia y la paz que son sus grandes ideales junto a la música y su violonchelo... Salió de vuestro país como exiliado también pues es totalmente contrario al régimen que se ha impuesto en España y vive desde entonces en Prades, en la zona de Conflent de los Pirineos orientales. Es nuestro benefactor y en muchas ocasiones recibimos donativos suyos para Elna pero esta vez... ¡Viene él! ¡Va a tocar aquí para nuestras mujeres!

– Pues sí que es una sorpresa... ¿Tu lo conoces? ¿Cómo es?

– Lo he visto en algún concierto hace años, en Suiza. Es famoso en todo el mundo. Se me ocurrió escribirle cuando vine a Elna contándole lo que hacía y desde entonces nos ayuda... pero lo de tenerlo aquí es increíble...

– Te veo muy entusiasmada. Aparte de ser buen músico, debe ser guapísimo...

– No... ¡Qué va! ¡Si debe tener 68 o 70 años! Pero estoy encantada de recibirle. Y muy nerviosa... Espero que todo salga bien...

Pau Casals llegó con su inseparable violonchelo, repartiendo sonrisas y el comedor fue la improvisada sala de conciertos, después de arrimar a una de las paredes, la enorme mesa. En sillas, en banquetas y por el suelo se sentaron las madres acogidas y todo el personal de Elna. Elizabeth se encargó de presentarlo ante el público. Muchas mujeres no sabían quién era.

Casals se sentó también y una de las suites para violonchelo de Johan Sebastian Bach empezó a sonar, transmitiendo sosiego y paz a todos aquellos corazones. Ante la maestría del músico y la belleza de la composición era imposible no dejarse llevar por los más nobles sentimientos.

– Bueno, bueno, muchas gracias -dijo Pau Casals cuando cesaron los aplausos-. Esto era más serio... Es que Bach es un músico muy antiguo. Ahora voy a interpretar una pequeña mazurca de salón que compuse en Madrid en 1895. Esa es muy alegre y podéis bailar y todo...

Fueron unas horas inolvidables y felices que culminaron en una merienda con leche, chocolate y bollos de mantequilla.

María también quedó encantada de la presencia y la música de Casals y se propuso seguir su trayectoria y escuchar sus obras cuando aquel mundo loco de guerras y odio recobrara el juicio y todos sus habitantes pudieran vivir en paz, como el maestro, aquel genio de la música, deseaba.

Ella tenía los mismos deseos. Pero mientras tanto, pasó dos años más ayudando a nacer más de 300 niños en Elna, cuidando de los pequeños y de las madres, ayudando en la cocina y en la limpieza, trabajando en el pequeño huerto que tenían y cosiendo y tejiendo ropita para los recién nacidos.

Los nazis fueron algunas veces a Elna donde sospechaban que estaban acogidas muchas mujeres judías. Iban buscándolas para llevarlas a los campos de exterminio. En esas ocasiones María falsificó pasaportes para ocultarlas y algunas veces también cruzó los Pirineos con ellas para que escaparan de la Gestapo.

Elizabeth confiaba en ella totalmente y estaban de acuerdo en todo.

– ¿Cómo van los registros de los últimos niños judíos que nacieron este mes, María?

– Muy bien. Los que se llaman Samuel les he puesto el nombre de Antonio y los Jacob ahora son Julián...

– ¡Estupendo! Es una gran idea...

A las mujeres judías se las ocultaba de la misma manera. En las ocasiones en que los nazis inspeccionaban, lo que iban a buscar era judíos para exterminarlos, no les interesaban niños ni mujeres que fueran españoles.

La complicidad entre Maria y Elizabeth por salvar aquellas vidas era total. Y no sólo con los nazis. Elizabeth, que derrochaba ternura con todos, era áspera y firme con los gendarmes que venían frecuentemente a Elna con la pretensión de devolver algunas madres con su hijo a los campos de concentración de los que procedían.

– Lo siento muchísimo señores pero esto es Suiza y aquí soy yo quien dispone lo que hay que hacer. Esa mujer que me dicen no va a volver todavía al campo. No está totalmente recuperada y me niego a que se la lleven de nuevo porque es prematura su marcha.

Así se alargaba la estancia en Elna de muchas de las mujeres, inventando todo tipo de artimañas, sobre todo cuando las tropas alemanas ocuparon también el sur de Francia y las persecuciones a judíos para deportarlos eran más frecuentes. Se negaba a entregar las madres judías que le reclamaban, alegando que Suiza era neutral y Elne, el pueblo cercano, era francés, pero la maternidad de Elna era territorio de Suiza. María las apuntaba después con otro nombre falso y en un próximo registro aquella mujer, aparentemente, ya no estaba allí, lo que era cierto en algunas ocasiones porque se les facilitaban documentos falsos que permitían que se marcharan a otros países.

María era muy útil en la maternidad de Elna pero deseaba también reunirse con Teófilo en Méjico, la nación que estaba siendo el destino común de más de 11.000 españoles gracias a la apertura de su presidente Lázaro Cárdenas que, en coordinación con la Cruz Roja y con la Delegación Mejicana de Auxilio a los Exiliados Españoles, conseguía que fueran recibidos con los brazos abiertos sin importar sus circunstancias; daba igual que fueran pobres campesinos, obreros o importantes personajes políticos o intelectuales. Muchos de los que se iban eran mujeres procedentes de los barracones femeninos de los campos franceses de refugiados que viajaron solas o con sus hijos pequeños esperando poder encontrar a sus compañeros que se habían embarcado hacia allí años o meses antes.

La ayuda de Elizabeth para la gestión hizo que María fuera una de estas mujeres que partió con su hijo Felipe, de dos años, con la esperanza de reunirse con Teófilo y comenzar juntos una nueva vida.

La despedida de Elizabeth y María fue muy dura. Se querían sinceramente y derramaron muchas lágrimas entre abrazos, prometiendo que seguirían en contacto.

– ¡Nunca olvidaré lo que has hecho por mí y por Felipe, Elizabeth!

– Cuídate María, sé muy feliz y recuérdame aunque estemos lejos. Escríbeme cuando estés junto a tu marido y me cuentas... Que tengas mucha suerte...

Madre e hijo se fueron en un barco portugués, el Serpapinto, que iba atestado de exiliados españoles. Fue una travesía fue larga y dura con escala en Casablanca. Aunque agotados, llegaron por fin llenos de ilusión, de esperanza, pero nadie los esperaba en México.

Teófilo no dio señales de vida. María no se resignaba a aquel silencio y después de iniciar varias gestiones, consiguió saber su paradero a través de la red de Solidaridad que los exiliados habían formado para ayudarse. Descubre entonces que Teófilo vive en Veracruz, con otra mujer y de la que está esperando un hijo.

María no era una persona que se plegara ante los problemas y las dificultades. Su tesón y su coraje la impulsan a seguir adelante. Decide ser una madre soltera y criar y sacar adelante a Felipe sin ayuda. Pronto encuentra trabajo en el Hospital Maternal de Ciudad de México. Sus conocimientos, adquiridos en la Maternidad de Elna, son muy valiosos aportando nuevas ideas y prácticas más avanzadas para lograr buenos partos, sin complicaciones. Ayuda también a dar a luz, fuera del hospital, a muchas mujeres españolas y de otros países que son exiliadas.

Su hijo Felipe es escolarizado y atendido en sus traslados de casa al colegio y viceversa. Es un ejemplo de la excelente acogida que hace el gobierno mexicano a los españoles.

Trabajando como enfermera y matrona conoce a José Fernández, otro exiliado y es con él con quien va a iniciar una nueva vida que se alargaría durante cincuenta años. Fue un buen marido para ella y un padre ejemplar para Felipe.

Tras unos años en el Hospital vuelve a trabajar en textiles, como en Barcelona. Cose ropa y ahorra todo lo que puede para ayudar a sus hermanos a reunirse con ella, ya que le angustia mucho su suerte en España. A su hermano Juan, condenado dos veces a muerte por el gobierno franquista porque luchó en el ejército republicano, le fue conmutada la pena por cadena perpetua. Se le dio una autorización especial para salir de la cárcel y visitar el Santuario de Lourdes que aprovechó para viajar a París con su mujer y, desde allí, escapar a Ciudad de México también donde pudo llevar como María, una vida tranquila y en paz.

– ¿Te acuerdas lo que te dije de Pau Casals, Pepe? No puedo olvidar cuando le conocí en Elna. Fue maravilloso... He oído por la radio que el presidente Kennedy le ha pedido que vaya a Estados Unidos y el 13 de noviembre tocará en la Casa Blanca... ¡Si yo pudiera estar allí y verle de nuevo! Ahora estamos más cerca pues desde 1957 vive en San Juan de Puerto Rico... Lo dijo el locutor.

También hablaron de su matrimonio y me enteré que lleva varios años casado con Marta Montañez, una joven que estudiaba violonchelo y que conoció en Nueva York. Me alegro de que siga tocando, dirigiendo orquestas y que sea feliz, aunque lo de la boda me resulta un poco raro porque ya era muy viejo cuando estuvo en Elna... ¡Ojala viniera a Méjico y pudiera ir a verle y escucharle tocar otra vez!

Cuando acabó de hablar el locutor pusieron un par de composiciones suyas y lloré recordándole mientras las oía... No pude remediarlo, Pepe...

–A lo mejor viene a dar un concierto en Méjico. Entonces iremos a verle. Aunque sea muy caro... -la animó su marido.

El mundo seguía loco como siempre. Dos años después de la invitación a Casals para tocar en la Casa Blanca, delante de la élite de la sociedad norteamericana, el 22 de noviembre de 1963, el presidente Kennedy era asesinado en Dallas. Y ese mismo año se le había concedido a Pau Casals la Medalla de la Libertad de J. F. Kennedy

María y José siguieron en Ciudad de México veinte años más, pero tras el devastador terremoto de 1985 que casi les costó la vida, decidieron marcharse a Monterrey. Allí vivía su hijo Felipe y la pareja se reunió con él en la ciudad para estar más cerca de él y de su nuera y poder disfrutar de ver crecer a sus nietos y más adelante a sus biznietos.

En esos años tranquilos María siente la necesidad de hacer justicia y recuperar la memoria histórica de su vida y de los avatares que pasó como otras muchas de las republicanas en el exilio, donde sobrevivir se hizo posible gracias al cariño, al valor y a un plan de solidaridad que había entre ellas diseñado por las propias mujeres y llevado a cabo con la ayuda de otras como Elizabeth Eidenbenz a las que no les afectaban directamente las represiones fascistas . Evoca y escribe. Recuerda y anota. Sus cuadernos se van llenando poco a poco de lo que sucedió en las distintas etapas de su existencia. Van a ser sus memorias. Un libro al que llamará «Mi exilio».

María Garcilla Torrecillas será siempre un ejemplo de mujer coraje por su afán de sobrevivir y de salir adelante y por toda una vida de entrega y sacrificio por los demás y de amor al género humano.

Soy Felipe Sáez García, hijo de María, la de Albanchez... Tengo 67 años y estoy viviendo los días más hermosos de mi vida.

Ha sido muy emocionante ver como don Manuel Chaves, presidente de la Junta, entregaba a mi madre esa medalla en el Día de Andalucía, reconociendo así sus méritos por la ayuda que prestó en Elna ayudando a nacer a tantos niños en los dos años y medio que pasó allí porque fueron casi 300 los que vieron la luz gracias a ella. Se valoró también su entrega a las mujeres judías y polacas que huían de la persecución nazi en Francia, falsificando sus documentos y cambiando sus nombres para que pudieran esconderse entre las refugiadas españolas exiliadas. También la Cruz Roja Almeriense se sumó al homenaje y la condecoró en aquel mismo acto. Ella estaba muy emocionada pero yo, que la acompañé a Sevilla, sentí el enorme orgullo de haber nacido de ella, de tener una madre realmente excepcional; una heroína.

Hoy estamos los dos aquí, en Albanchez. Ha vuelto después de 70 años, pues ya ha cumplido en enero los 90 y la veo transfigurada por la acogida de sus paisanos y las atenciones que le dispensan. No conoce a nadie pero es igual. En los discursos han dicho que una persona como ella no puede quedar en el olvido y que debe estar en la memoria de todos, especialmente de los más jóvenes. Todos la miran con curiosidad y con admiración. Y ella es esa mujer, mi madre, a la que han nombrado además, Hija Predilecta de Albanchez.

Recuerdo que antes de salir de Monterrey me decía:

– ¡Cómo voy a ir, Felipe! ¡Después de tanto tiempo! ¡No hay nada ni nadie que me espere allí! ¡Y estoy muy vieja para un vuelo tan largo! Yo agradezco esta distinción pero ha pasado demasiado tiempo y en el pueblo no quedará nadie que se acuerde de mí o de mi familia...

– No digas eso mamá. Iremos los dos. Yo quiero vivir esos días contigo y conocer Albanchez. Me has hablado muchas veces de las calles en las que jugabas de niña, del hermoso valle del Almanzora... No quiero perdérmelo...

Brilla el sol y hace frío pero mi madre se siente feliz en este pueblo de rincones y de casas blancas, con su torre del reloj presidiendo una placita recoleta donde puede uno sentarse a descansar.

– ¡Mira Felipe! ¡Qué bonita está la plaza! Cuando yo vivía aquí era de tierra y ahora tiene el pavimento de mármol, los bancos... Y tantos árboles rodeándola...

Los árboles están desnudos ahora en invierno, pero imagino en los días de calor, la paz y el sosiego que proporcionará estar bajo su sombra.

– ¡Fíjate, Felipe! ¡La iglesia está igualita que entonces!

Hemos entrado en ella y noto su emoción al contemplar las naves, el lienzo de la Anunciación de la Virgen que preside el altar mayor y cómo observa con curiosidad las imágenes que hay en las capillas...

No me puedo creer que tenga noventa años; parece una cría ilusionada con el reencuentro de aquel pasado feliz de su niñez y de su juventud. Hemos andado unos kilómetros desde las casas del pueblo porque me ha llevado a ver el acueducto de los Arcos que, de jovencita, era una de las rutas de paseo con sus amigas.

Está en una hondonada con mucha vegetación alrededor y era un largo trayecto, con terreno difícil, áspero, cerca de él. Yo llegué mucho más cansado que ella mientras me explicaba que siempre se utilizó para el regadío. Pero no sé en que tiempos antiguos llevaría agua. Me pareció muy interesante poder contemplarlo, con los cinco arcos de medio punto que suben a más de veinte metros sobre el cauce de la rambla. Está muy bien conservado, quizá porque siempre se quedó a resguardo de las crecidas.

– Dicen que seguramente lo hicieron los romanos, Felipe.

También hemos ido hasta las ruinas de una fortaleza que hay en el cerro del Castellón. Al parecer son los vestigios de un castillo árabe del siglo XI. No cabe duda de que por Albanchez pasaron civilizaciones antiguas en épocas pasadas.

Pero lo nuevo le llama también la atención y le ilusiona. Cuando visitamos el lavadero municipal, que se hizo en los años 50, no hacía más que exclamar:

– ¡Qué bonito! ¡Ay, Felipe, si lo hubiéramos tenido entonces! Con el frío que se pasaba en la fuente de los Cuatro Caños.

El rumor de la fuente me hizo evocar la imagen de mi madre lavando allí o volviendo con un cántaro de agua hacia la casa. El lavadero construido con techo y paredes para resguardarse del frío en invierno, está junto a ella. Pero la fuente es antigua y es bonita, desde siglo XVI mana el agua constantemente.

Nos acompañaron también a la ermita de San Roque. Dijeron que era del siglo XV pero a mí me pareció mucho más moderna; sin duda estaba reformada en tiempos que eran muy posteriores. De camino vimos el Calvario, con una hermosa cruz de dos metros de altura hecha en mármol blanco de Macael.

El alcalde nos dijo que el pueblo no llega ahora a los 800 habitantes y que, cuando mi madre se marchó tenía unos 2000. Nos fue contando muchas cosas mientras duró la carrera popular que se había organizado. Los participantes salieron de la plaza de España y atravesaron varias calles del pueblo hasta llegar a una pista de tierra donde había un puente. Luego bajaron por la rambla y regresaron por el lavadero tras pasar por varias zonas de cultivo. Había mucho entusiasmo entre los que la miraban animando a los corredores. Tal vez aquí fuera todo un acontecimiento. El caso es que mi madre estaba feliz, radiante, entregando con el alcalde los trofeos a los ganadores.

Hubo una comida de convivencia en la que participamos todos: corredores, invitados, acompañantes y vecinos de Albanchez. Tuve ocasión de probar las migas, de las que me había hablado mi madre tantas veces y que nunca pude comer hasta ese día, pues en México nunca encontró la clase de harina con que se hacen. Me gustaron mucho. Luego sirvieron carne de choto al ajillo que estaba exquisita y muchos dulces típicos de postre.

Algunas personas hablaron con nosotros mientras comíamos, interesándose por nuestra vida en México y los dos decíamos que allí éramos muy felices. Abrazaban a mi madre sin conocerla, con una mezcla extraña de admiración y cariño pero también con timidez. Ella siempre respondía con una sonrisa y dándoles las gracias a todos.

Mi madre había estado en España unos años antes pero no vino a su pueblo de Albanchez. Estuvo en Barcelona, en un homenaje que se hizo a su inolvidable benefactora y amiga Elizabeth Eidenbenz en el que se le entregó la Cruz de Sant Jordi de la Generalitat de Cataluña. Entonces no dudó ni un instante en venir a acompañar y abrazar a aquella persona que tanto quiere, en un encuentro que fue maravilloso entre las dos después de tanto tiempo transcurrido.

Yo era muy pequeño y no recuerdo a Elizabeth, únicamente la he visto en un par de fotos que conserva mi madre de los años en Elna, pero es una mujer excepcional. Le han dado también la Legión de Honor del Gobierno Francés, el estado de Israel le entregó la Medalla de los Justos entre Naciones, tiene la Cruz de Oro de la Orden Civil de la Solidaridad Social del Gobierno de España que le entregó la reina Sofía y en el 2002 la localidad de Elna de dedicó también otro homenaje. Mi madre dice que se merece todo eso y mucho más.

Ahora está disfrutando de este viaje y del reconocimiento que ha recibido. Todo esto es, quizá, la manera de compensar lo que ocurrió y lo que sufrió a lo largo de los años. Lo he hablado infinitas veces con mi madre porque me lo contaba desde niño y lo he leído también en el libro *Mi exilio* que escribió y publicó en México el año pasado para que quedara el testimonio de su vida y también de la de Elizabeth, esa mujer increíble y maravillosa que contribuyó a que mi existencia, como la de tantos otros niños de Elna, fuera más digna, más amable, más humana, gracias a su valor, su empuje y su ternura mientras la maternidad funcionó. Fue clausurada por el ejército alemán en la Pascua de 1944.

Pero hasta entonces, 600 niños y sus madres habían tenido una vida mejor allí, en la paz de Elna, dentro de los horrores de la guerra.

Y yo fui uno de esos afortunados.

ÍNDICE

Este Libro, Escrito por
Carmen López, Carmelo Martínez Anaya,
Jesús Martínez Gómez y Ana Mª Romero Yebra,
se Acabó de Imprimir
el Día 25 de Julio de 2024,
Efemérides del Apóstol Santiago,
Patrón de España,
en la Imprenta Gráficas «La Madraza»
de Albolote (Granada)

LAVS DEO